黑暗旅馆

暗い宿

[日] 有栖川有栖 —— 著 郭跻 —— 译

中国工人出版社

图书在版编目（CIP）数据

黑暗旅馆 / (日) 有栖川有栖著；郭跻译. -- 北京：中国工人出版社，2022.8
ISBN 978-7-5008-7956-5

Ⅰ. ①黑… Ⅱ. ①有… ②郭… Ⅲ. ①中篇小说—小说集—日本—现代 ②短篇小说—小说集—日本—现代 Ⅳ. ①I313.45

中国版本图书馆CIP数据核字（2022）第141921号

著作权合同登记号 图字：01-2021-7257

KURAI YADO

黑暗旅馆

出 版 人	董 宽
责任编辑	姚 宁
责任校对	丁洋洋
责任印制	黄 丽
出版发行	中国工人出版社
地 址	北京市东城区鼓楼外大街45号 邮编：100120
网 址	http://www.wp-china.com
电 话	（010）62005043（总编室）
	（010）62005039（印制管理中心）
	（010）62379038（社科文艺分社）
发行热线	（010）82029051 62383056
经 销	各地书店
印 刷	三河市万龙印装有限公司
开 本	880毫米×1230毫米 1/32
印 张	9
字 数	198千字
版 次	2022年10月第1版 2022年10月第1次印刷
定 价	45.00元

目 录

黑暗旅馆

1

我如往常一样在中午 12 点前起床，冲了一杯咖啡让自己清醒，并把今天的晨报放到了餐桌上。我的目光在字里行间游弋，报纸上整面都是关于大阪府严重的财政赤字问题的报道，作为一名纳税人，我心情非常沉重。虽然这是个重大问题，但总比一起床就看到特大灾害或是歹徒当街行凶杀人之类的报道好些。不先调整产业结构恢复经济，这个问题是得不到解决的，我一边这么想着，一边把目光移向电视节目表，然后打开社会新闻版面。我习惯把晨报从后面开始翻起。因为，大面积刊登着新刊及书籍广告的第二、三版面是我最期待的。我这个人喜欢把好吃的留到最后。

社会版面里也没有特别糟糕的报道。大型唱片店的 DJ 台上有人气摇滚乐队作为嘉宾来捧场，于是人山人海黑压压一片，一时间现场附近出现了骚乱。这样的新闻竟然上了头版，真是天下太平。报纸的讣告栏里也没有熟悉的名字。正当我无聊得要打出哈欠时，一则标题映入眼帘。那是一条非常简短的报道，只一眼扫过去一定会漏看。

我边想着“不可能吧”，边开始细读起来。奈良县吉野郡大塔村这个地名引起了我的注意。当我清楚看到“以吕波旅馆”这个名字时，瞬间背脊一阵发凉。那么偏僻的地方不可能会有两家同样名字的民宿。我继续往下看，只见报纸上写着“房屋改建拆除作业中”。这下肯定不会错了。

“不会吧……”

我一时无法相信，但同时又觉得果然没错——我的确是经历了一件非同寻常的事件。

现在可不是一个人在这一惊一乍、点头咂嘴的时候。作为一名善良的市民我得报警。不过，也得先把肚子填饱了再说。我用昨天剩下的咖喱随意糊弄了一顿午饭，然后通过查号台查询到号码，拨通了奈良县警局的电话，向刑警说明了自己所了解的情况。刑警对我提供的线索十分感兴趣，电话一直打了 30 分钟，并且对方还表示，希望近期可以上门拜访以了解详情。我同意了，并告知了自己的住址。

“……有栖川有栖先生对吧。年龄三十四岁。谢谢您百忙之中提供重要线索。不过，话说回来，您作为推理小说家竟然有这样的遭遇，真是太有趣了。啊！‘有趣’这个词似乎有点儿不妥当是吧。”

这名叫“蒲生”的刑警明显在拿我打趣。这也难怪，毕竟连我自己都觉得这是一个惊天大新闻。

“来访之前，我们一定会提前给您致电。”对方说完，挂上了电话。

我虽然不太抽烟，但我觉得现在有必要抽支烟让自己冷静下来。

之后我拨通了火村英生副教授研究室的电话，虽然他现在极有可能正在上课。电话立马被接通了。

“是我。你手边有今天早上的报纸吗？”

“有栖呀。晨报有的啊。怎么了，忽然问这个？”

隔着听筒，我听见了勺子和杯子轻触的声音。他应该正在往咖啡里放糖吧。

“看看社会新闻版面的下方，讣告的右边。”

电话那头传来了沙沙的翻报纸的声响。

“我差点被卷进那个事件中！不对！是我目击了整个事件！啊，也不能说是我目击了。”

“你到底想表达什么？”火村用稍显冷淡的口吻说道。

“冷静点！啊，这句是对我自己说的。就是、就是，那我从头说起。”接着，我从外出采访的原委开始，向火村讲述了整件事情的来龙去脉。

2

时间回到一周之前，那天是十月六日。

我出门进行了一场短途旅行，目的地是奈良的西吉野村。照着《铁路遗址导览手册》探寻“阪本线”遗址是我此行的目的。近年来，荒废的铁路遗址迎来了一阵小小的寻访热潮，诸多相关书籍相继问世。我原本就喜欢各类“废墟”，也买了几本来看。但我已无法满足于光是看看文字和图片，一直以来，我都期待着有一天自己能去实地考察。而那天，我终于将自己的夙愿付诸行动。

小说家这个职业实在是方便得很。只是出去玩玩、解解闷也能和工作挂上钩。

这次的铁路遗址寻访也一样。其实能出个远门、爬爬山我就已经很满足了，但如果能借此收获些写作的素材就更好了。我对自己说，这绝不是伏案笔耕太痛苦而选择的逃避，我可是正儿八经地去采风。不过，下个月末，我得交出一篇短篇小说，直到现在还没有一点儿创作灵感，这也是不争的事实。“铁路遗址横尸”倒是个不错的主意，出去走走、采采风说不定能得到写作的灵感。

按照导览手册的介绍，必备的装备可不少。便于运动的服装、鞋子当然是必不可少的，另外还有手套、指南针、地形图以及驱虫喷雾、伤口护理药膏等医药品。而且，探索隧道时好像还需要用到手电筒。由于是第一次，我并不打算挑战太高的难度，但还是依照导览手册的建议，将装备大致都备齐了。

说到大阪周边“一日游铁路遗址”，最有名的莫过于福知山铁路的“生濑—武田尾”段。铁路沿溪谷而行，如今成了大家熟知的徒步路线。不过，我想着既然来了，比起“亲子游”路线，当然得去更加荒凉偏僻的地方，于是选择了“阪本线”遗址。这条铁路起点位于奈良盆地西南部的五条，路基从五条延伸至日本最大的村庄——十津川村，然后穿过吉野山地，终于城户。虽说是“铁路遗址”，但实际上从未通过车。这条铁路路线原计划为五条通往和歌山新宫的“五新线”的一部分。但由于经费原因工程中断，成了“烂尾铁路”。“阪本”这一线路名称则取自“五新线”途经的一个村落名。整个工程于明治末年开始规划施工，终止于私家车大量普及的昭和四十年。整个工程烂尾的过程真够长的。像这样浪费纳税人钱财的铁路路线遍及全国各地，据说很多隧道、铁桥好不容易完工，却遭到了遗弃。“阪本线”路基铺设好的路段，现在变成了专用的公交巴士车道，比起其他完全荒废的线路算是好些。

乘坐线路巴士也是此行的目的之一。这样一来，自然没法自己开车出游，因此我决定乘坐电车。出发前几天，我开始调整作息，切换成“早起鸟”模式，并每天关注天气预报。终于迎来了出发的日子。一大早起床，天气甚好，虽然有点鼻塞，但身体状态还行，我怀着激动的心情前往离家最近的天王寺站。

相继换乘了“JR 大和线”“樱井线”“和歌山线”，我花了一个半小时，到达了五条站。从五条站坐上 JR 巴士，穿过吉野河，我终于来到了“被遗弃的铁路”之地。不！“从一开始就被遗弃的铁路”——这个表达更为贴切。哈！“一具尸体横卧在一条从一开始就被遗弃的铁路上”，这倒是个不错的开头。

我透过车窗向外望去，欣赏着群山层林尽染，心情大好。与此线路并行的是 168 号国道，沿着丹生河而建，曲折蜿蜒。而这条线路因为有一些气派的隧道、铁桥，因此更为便捷。大概是因为知道这原本是铁路路基，每当巴士经过弯道，随着车身左右摇摆，都让我产生一种坐在电车上的错觉。我正在体验一种想象中的列车之旅。铁路道口还残存着报警器和道闸，我把头探出窗外，将它们一一收入照片。旅行真好，即使不去太远的地方，每次旅行也都是一次心灵的洗礼。

铁路线路最终与国道相交会，我于正午之前到达了终点——城户。小小的村落，什么也没有。不过，附近有温泉，还有一个叫作“自然疗养村”的疗养设施。但是，我并不打算在此久留，也没打算就此折返——否则就变成巴士之旅了。准备了那么多装备，我得从城户再往前走走，探索探索。

我猜到中午的时候，附近可能没有吃饭的店铺，所以事先在便利店买好了三明治。我坐在巴士车站的长椅上，把这块三明治一扫而光后，开始攀登巍然耸立在前方的天辻岭。巴士到这里就是终点站了，但路基仍然笔直向前延伸，消失在黑洞洞的隧道中。隧道口封着铁丝网进不去，所以我就只好沿着国道一步步走着。

这地方真是深山老林啊。而这仅仅只是秘境的入口。日本人为了在生活空间里融入自己独特的审美意识，非常聪明地在客厅里设计了壁龛之类的装饰空间。谷崎润一郎在《阴翳礼赞》一书中对日本人的这种智慧大加赞扬。不过在我看来，这或许要归功于这么有立体感的国土资源。在平原生活的游牧民绝对不会有这样的感觉吧。一边胡思乱想一边信步前行，这也是独自一人旅行才有的妙趣——与自我内心持久的对话以及连续不断的各种小小的发现。

根据导览手册，西吉野村与邻村大塔村之间隔着一座天辻岭。人们在岭下挖了一条又宽又长的隧道，打通了整座山。并且为了避免坡度太陡，所以挖的是一条环形螺旋隧道。我本想着，就算没法沿铁路走到新宫，至少也要穿越一下那条隧道。虽然探寻尚未完工的隧道不大可能，不过听说好像可以看一下在阪本那边开着的入口。我一路走着，中途还上了一辆刚好经过的奈良长途公交巴士，就这样坐一段车走一段路，翻过了天辻岭。

我靠着地形图走进林间小路，接着就在半山腰处发现了一条隧道。它就像是一个永远不会有人进入的半圆形洞穴，又宛若一片绿色正中的一个黑点。有的人可能从中看出几分悲凉，有的人看着会感觉毛骨悚然，也有人或许会觉得滑稽可笑。空气和时间都在隧道深处凝固，仿佛那里有个小型异次元宇宙。

我被好奇心驱使，想要尽可能地走近看看。一定要学学专业探险家那样走走不是路的路，要不白费这一身装备。我对自己说了一声“OK”，然后拨开有膝盖那么高的茂密草丛，朝着远方的隧道前进。

在一条貌似山中野兽出没的小路上，我往上走了大概有三十分钟。虽然隧道一直都在视线范围内，但和我的距离似乎始终没有拉近。走着走着，我来到了一处道路崩塌了的地方，从这里没法再往前了。都已经走到了这里，我不想放弃，所以在附近探索了一下，但是除非有登山用的绳索，否则就无计可施了。看了一下手表，已是下午五点，再往前可能会受伤，且从时间上来讲，到此打住也是一个比较明智的选择。

我瘫坐在土堆上，喝了口瓶装乌龙茶润了下喉咙，渐渐地觉得头部有点儿发沉。看样子我是探险探得一不小心就上了头，身体有点儿感冒征兆了还在硬扛。伤口护理药膏倒是带了，但却没准备头痛药或感冒药。我郁闷且懊恼，很清楚自己的头痛将会如何从这样的轻症慢慢严重。希望在我回到家之前不会变得太糟糕才好。

我按原路返回，明明是下坡路却走起来非常艰难。回到国道的时候已近六点。秋天白昼变短，此时已经夕阳西下，暮色渐浓。就在刚才我还在享受旅行，现在却是一副闷闷不乐的样子，心想：唉！我来这鬼地方干什么呢。我不由自主地感到大阪离我那么遥远。其实就算开往五条的巴士立马来了，我到家估计也是半夜了，更何况我还得先找到公交车站才行。

我看了下地图，决定与其往人烟稀少的方向折返回去，不如去大塔村更加明智。我朝南走去，同时感觉着太阳穴两边的血管在轻微跳动。时不时有车子从我身旁经过，那红色尾灯让我感觉分外刺眼。

比起回家，我更需要找家能住宿的旅馆。

这个想法越来越强烈。正好我是一个悠闲的自由职业者，第二天没有任何安排，临时在这深山老林里住上一晚，也没有什么大碍。这个突发状况不如就当作是老天今晚要将我留在这里。享受生活中的这种小意外也挺好。

穿过新天辻隧道就能到达大塔村，但这隧道无比的长，让我感觉好像永远也走不完。汽车经过的轰鸣声在隧道里回荡，加剧了我的头痛。穿出隧道的时候，我感觉自己仿佛活着从地狱里爬了出来，打心底里松了一口气。

我在国道上走了将近四公里。伸手摸了下额头，刚才还摸不出什么差别，现在明显有点儿烫手。我有点儿低烧，这下不能再走了。天也完全黑了。我不贪心，只要能找到住宿，哪怕是再简陋的地方也愿意。我心急如焚地走着，但却连房屋的灯火都看不到几盏。

终于，在斜前方出现了一栋木质结构的房子，看着感觉像是一家民宿。那栋房子孤零零地矗立在离国道有一段距离的地方，二楼挂着一块民宿风格的招牌。我定睛一看，“以吕波旅馆”五个大字映入眼帘。谢天谢地！这是一家非常寒酸的小旅馆，即使是经常穷游的学生时代，除非万不得已，我应该都不会住这样的地方。但是，现在只要能给我一间铺了榻榻米的房间，我就万分感激了。即便榻榻米是毛糙、潮湿的也无妨。

我在一个竖着“菊池建筑公司”招牌的建材堆放处前面发现了一条岔道，从那里往左拐进去后，又步行了二十米左右。从看到旅馆的招牌到踏进它玄关的这一分钟，真的让我内心无比纠结。

远远看着就觉得简陋，走近一瞧更显破旧。虽然还没到窗户玻璃破碎、房前蜘蛛结网的程度，但是，能看出这旅馆好像很久没有接待客人了，处于年久失修的状态。虽然有光从玄关透出来，但明显已经很久没人住了。不会是已经倒闭了吧。一股强烈的不安涌上心头。总之，肯定有人在里面，所以我决定进去问问看。

我用手轻轻推了一下移门，很庆幸，门没有锁住。“哗啦”一声打开后，我朝里面打了声招呼。

“请问有人在吗？”

一时无人回应。我想着，是不是没有听到。就在这时，走廊的另一头，一张脸探了出来。那是一位五十来岁的女性。

“你哪位？”

我感觉自己像是私闯民宅而被人盘问的可疑分子。

“这里是旅馆吧。请问能让我住一晚吗？”

走廊那一头的女人探出了整个身子。她一身休闲的打扮，卫衣配运动裤，双手放在背后，叹了一口气向我走来。

“唉——曾经是旅馆，不过早就已经倒闭了，招牌一直没拆，所以让你误会了吧。不好意思呀。”

果然已经不营业了啊。刚才还抱着的一丝期望就这么破灭了，我失落万分。但是，我也不能简单地说句“哦，好吧”然后就这么转身离开。即使现在她和我说，再走十分钟就是一家带温泉的官方旅游接待酒店，我也没有能走到那里的体力了。

“老实说，我身体很不舒服，想要躺下来。什么样的房间都可以，恳请您让我住一晚可以吗？”

“真是太可怜了。可是，即使你跟我这么说，我也没有办法啊。这里一年多以前就停业了，从那以后就几乎没人住过，我只是刚好要打扫才过来的。这里连床像样的被子都没有。”

“这么说来，不像样的被子也是有的吧，我只要那样的就够了。求求您，就当是拯救遇难者，让我住一晚吧。”

她表现出非常为难的样子。我想这或许是因为她必须得征得房子主人的同意才能让我住下吧。

“就算你说要住，这里煤气也停了，洗澡也洗不了，也没法给你提供饭菜。”

我现在的状态也洗不了澡。不能提供饭菜倒是有点不方便，不过我暂时也没有胃口，一个晚上不吃东西也没关系，我只想躺平休息。

我双手合十恳求她。对方虽然还是万分不情愿，但态度逐渐软了下来。

“真没辙啊。我也不是冷酷无情到要把病人拒之门外的人……你不介意这环境的话，那可以吧。不过我没法给你提供客人用的被子哦。”

“这我一点儿都不介意，饭菜也不需要。我立马就睡。请您让我待到明天早上就好。”

忽然，她冷不防地伸手摸了摸我的额头。

“哎呀，是有热度呢。好吧，我就留你一宿。你吃点儿药早点儿休息吧。”

此时我的心情简直就像是快要淹死的时候有人扔了个救生圈。

“这房子的主人不会……”

“我就是房子的主人。这破旅馆就是我的，你不用担心。”

“啊，原来您就是老板娘呀。这真是失礼了。”

“哎呀，老板娘可是手下有员工、有厨子，可以使唤好多人的……进来吧。勉强能够遮风挡雨的破屋子，你可别抱怨哦。”

“哪里会抱怨，真的非常感谢。”我边说边脱下徒步鞋。

仔细一看，老板娘还真是个大美人——我这么说，绝不是因为她向我伸出了援助之手。玄关太暗，刚才一直没有注意到：老板娘几乎没有化妆，但五官精致，气质不凡。特别是那双大眼睛水灵灵的，年轻的时候想必是楚楚动人。

“我这旅店小，只有四间客房，一楼一间，二楼三间。一楼那间已经破旧不堪了，我们去二楼里面的那间吧，那间的壁橱里还有被子。”

老板娘叨咕着，从玄关旁边的楼梯上了楼。

我紧随其后。二楼没有开灯，楼梯的台阶像是抹上了墨汁一样，一片漆黑。好久没有进这么黑漆漆的屋子了，夜晚原来能如此乌天黑地。

上到二楼，老板娘开了灯。奶白色灯光柔柔地倾洒在短短的走廊上。楼梯的左边是一间客房和厕所。走廊的另一边是另外两间客房。也许是灯光的缘由，日式推拉门看起来都已泛黄。

老板娘将右手边最里面的那间房间打开，开开灯，招呼我进去。我已经做好了最坏的打算，但进去一看，只是有点俗里俗气，倒也是个中规中矩的六床榻榻米大小的房间。榻榻米被阳光晒得变了色，但干干净净的。

“幸好今天草草打扫过。不过，被子有点儿……我都不记得上回是什么时候晒的被子了。”

“没关系的。能在榻榻米上睡上一觉已经感激不尽了。”

“是吗？要是这被子太恶心了，无法忍受，楼下有些不错的坐垫，我给你拿上来，你垫着睡吧。”

我将行李放下，一屁股坐在了榻榻米上。过了一会儿，老板娘双手抱着三块坐垫回来了。坐垫有些破旧，但看得出来原先应该是上等的好东西。有了这个，被褥再糟糕也没关系了。

“我回趟家，马上回来，你在这请随意。哎，这屋子太破了，我都不好意思和你说‘祝您下榻愉快’。”

说完，老板娘起身离去。我不知道她家在哪儿，但旅馆附近并没有停放私家车，这说明她家应该不远。

我靠在墙壁上环顾着空空如也的房间。就像是搬家离去之前把房间腾空了一样，这里什么也没有。只有一扇窗户，连窗帘也没有挂上。然后就只剩下壁橱和墙壁。荧光灯老化了，到处阴森森的，房间四角黑乎乎的。我喝着乌龙茶，休息了一会儿。大概是因为找到了容身之所，安心了下来，头也不那么疼了。

大约过了二十分钟，老板娘拎着大包小包回来了。我都已经说了不用饭菜，她还特地去为我拿来了。老板娘将瓶装茶饮倒入茶杯，一边说着“粗茶淡饭不好意思”，一边把装在保鲜盒里的饭团递给我。饭团有梅干和咸海带两种。如果是在拍历史剧，此时，我应该会说一声“在下感激不尽”。

看着眼前的食物，我的食欲恢复了一些，便毫不客气地狼吞虎咽起来。老板娘轻轻地在我旁边坐下，向我搭起话来。我说明了自己的来路，当说到我从大阪而来只是为了探寻铁路遗址，老板娘露出了一副不可思议的表情，似乎在说：这人还真古怪。

“老板娘您到去年为止一直经营着这家旅馆？”恢复了些气力，我开始和老板娘聊了起来。

“没什么生意，谈不上‘经营’。偶尔来个客人，能把我吓一跳。不过也有常客，说什么‘乡下真不错，世外桃源似的’。那客人好像是在电视台工作的大忙人，越是见过世面的人越喜欢清净的荒郊野外

吧 。原来是我姐姐在打理，我打打下手。两年前姐姐去世了，我一个人坚持了一阵子，但是赚不到钱呀，还不如去外面打工。于是一年前歇业了，积蓄也要见底了，把这卖了能换点钱也挺好的。”

“要是卖了，这里会被如何处置呢？”

“已经卖了，马上就要移交了。明天工作人员会来把店里的东西都处理掉，所以我今天过来进行最后一次大扫除。善始善终嘛。唉……扫了也是白扫，这里就要被拆除了。”

旅馆虽然破旧，但拆了还真有点儿可惜。又不是危房，花钱装修一下说不定能破屋大变身，让人眼前一亮呢。

“你是不是在想，这么破的旅馆谁买呀？还真有人买呢。是个离职了的商社职员，说是要在这里建一栋适合年轻人或亲子入住的西式民宿酒店。”

“西式民宿酒店呀！”

在这么个荒郊野外建一栋时髦的民宿？我默默地想着。不过这个想法确实有点儿失礼。

“真是很难理解呢。听那个人说，还要装上正儿八经的天文望远镜，以能观测星星为卖点。大塔村空气好，确实适合观测天体。‘全国闻名的观星之地’，说得倒好听，其实不就证明这里是不毛之地吗？”

后来我才知道，大塔村以“星星之乡”之名助推本村经济发展。以吕波旅馆的南边不远处，有一个叫“宇宙公园 星之国”的地方。那里不仅有建着天体观测球的山中小木屋，还有正儿八经的天文台。

“啊！原来还有这一手呀。不愧是干贸易出身的，真厉害。”

“又不能保证百分之百能成功。他有老婆孩子，好不容易存起来的钱，加上离职补偿款一起都投到这里，真想不通啊。啊！不好意思，你身体不舒服，我还拉着你陪我聊天。给你把被子铺好，我这就消失。”

一床薄被从壁橱里拿了出来，并没有发霉的味道，算是挺干净的。

“谢谢您收留我，我头疼好了很多。”

“那就好。保险起见，你还是吃点儿感冒药吧。正好家里有，你要是不嫌弃的话……”

老板娘递给我一盒感冒药，药是新的，盒子还未开封。我感激地收下了。

“老板娘家在哪儿呀？”

“离这儿步行五分钟的地方。比这儿还破，但要是没它，我这里也没法卖掉。”

涉及个人隐私，我也不好多问。不过，老板娘好像是独身一人。她刚才谈及积蓄见底，说不定丈夫已经不在世了。

“我这儿也没电视，看来你只能睡觉了。你刚才说平常都是在晚上写作，偶尔早睡也不是坏事。我还会在楼下待一会儿，你有什么事尽管叫我。这是羊羹，便宜货。羊羹配冷茶，可能有点儿不搭，请见谅。”

我推辞了一番，老板娘忽然捂着嘴笑了。

“你可是这以吕波旅馆的最后一位客人。就权当是我的一点儿小小心意。晚安。”

房间里只剩下我一个人了。

药盒上写着“饭后服用”，我犹豫了一会儿要不要开封，最后还是决定接受老板娘的好意，把药吃了。于是我就着茶，把药片吞了下去。

才八点半。平常在这个时间段，我再怎么辗转反侧也睡不着，而今天由于早起的缘故，感到一阵睡意迎面袭来。明天会比今天起得还早吧。如果身体状态不错，能在附近逛逛就太好了。

夜深人静，偶尔能听到风吹过后，枯树叶相互摩擦的声音。老板娘在一楼忙活着，地板发出吱吱的声响。

万籁俱寂，一片漆黑。我朝窗外看了看，旅馆背面紧挨着一片乱树林。夜深云起，月隐星稀。在城市里落荒而逃的夜晚，在这儿却悠然自得地统治着世界。

羊羹孤零零地躺在盘子里。在我眼里与其说它是个小点心，倒不如说是一个小摆设。我一面盘算着睡觉前把它吃了，一面将盘子端至双眼的高度打量起来。我从没有这么盯着羊羹看过，放在眼前仔细一看，这黑色的甜点就像是一抹被冻住的黑暗。

我把羊羹切成两半，将竹签插进其中一半——把这甜蜜的黑暗吞入肚中。我不禁在想，它不会在我胃里散发出黑光吧。

眼皮开始打架了，我决定睡觉。关了灯后，四下漆黑一片犹如钻进了山洞。由于没有睡衣，在黑暗中，我只脱掉了袜子，囫囵着衣服便躺进了被子里。轻轻盖上被子，脸朝上仰望，就连天花板在哪里我都不知道。

我想起有位编辑赴外地采访时说过："在太黑的房间里，我会睡不着的。"他如果在这里住宿的话，将不得不度过一个漫长的不眠之夜吧。如果是胆小的女孩子，说不定会瑟瑟发抖。

但我一点儿都不害怕。小时候，每当看了或听了恐怖的故事，我甚至会害怕夜晚的到来。但不知从何时起，我就对那些幽灵、鬼怪之类的东西厌倦了。有些人会对旅行时入住的酒店感到害怕，而我却经常享受在酒店床上构思恐怖小说的乐趣。我会听听看浴室的浴缸里是否有什么东西爬出来的声音，或是想象一下二十楼的窗外有颗人头在向里窥视，然后叹息一声：啊！写一部能吓到人的恐怖小说真的好难呀。

不过话说回来——这旅馆可真够暗的。

好像我今天在哪里也见过如此彻底的黑暗。应该是……那个铁路遗址的隧道。要不是路塌了，我应该走到隧道了吧，然后肯定打着手电筒走到里面去了。究竟可以往里面走多深呢？走了一程又一程，始终不见尽头，于是感到害怕，打算折回时，回头一看入口不见了。要是碰上这样的事恐怕会尖叫吧。

不知不觉地，我又在构思恐怖小说了。

或者，我往回走啊走，那入口却始终那么遥远，这样的情节怎么样？作为一个场景还不错，但是仅仅如此不能算是小说。并且，还需要有一个崭新的点子来说明，隧道里发生了这种噩梦般的现象究竟有什么前因后果。被活埋的铁路工人的诅咒，这样的点子只会成为笑柄——喏，我就是这么理性的人，所以还没来得及害怕就开始琢磨着怎么写进小说了。

我把这当作是睡着前的一项游戏。这样分散注意力，也能让我忘记头痛。继续思考隧道奇谭吧，题目就叫《梦魇隧道》。那隧道的最深处究竟有什么东西呢？如果是斯蒂芬·金[①]的话，会怎么编呢？啊，他的话一定会出现妖魔鬼怪，最后搬出印第安人、吉卜赛人的诅咒什么的。或者像作品《绿魔》[②]那样使用外星人元素也不错，不过，那得有相当的文笔才行，要不肯定让人觉得情节太荒诞。我肯定写不出来。悬疑作家来写的话，情节肯定是在隧道深处发现了尸体或是白骨。比方说满地散落着人的骸骨，密密麻麻，有几十具之多。并且还是头盖骨在一堆，大腿骨在一堆，整理得井井有条。这样的情节足够诡异，足够让人毛骨悚然吧。如果还想再扑朔迷离一点的话，可以……

我的眼睛开始适应这黑暗了。

天花板隐约可见。窗子周围散发着蒙蒙微光。走廊的照明从房间门与墙壁之间的细缝里透了进来。

---

① 美国当代恐怖小说作家，全名斯蒂芬·埃德温·金（Stephen Edwin King），被誉为“恐怖小说之王”，代表作品有《闪灵》《肖申克的救赎》等。

② 斯蒂芬·金于1987年发表的长篇小说，原名 *The Tommyknockers*。作品中出现了UFO，充满科幻色彩。

即便如此，依然很暗。

我默默感叹，真是住在了一家奇怪的旅馆。正当我不想再思考小说时，所幸，睡意如潮水一般向我涌来。应该是因为疲劳，还有感冒药的副作用吧。这无尽的黑暗仿佛一只巨大的摇篮，我躺在里面，似乎可以就这么睡去。

老板娘还在楼下吗？从刚才开始就听不到一点儿动静。或许她早就回家了，只是我没注意到而已。如果是这样，那这家昏暗冷清的旅馆就仅剩我一个人了。

这仅剩的一个人……

现在，睡着了……

……

……

……

迷迷糊糊中我听到了微弱的声音。

是从枕头下面，哦不，是从一楼传来的。

我眼睛闭着，竖起了耳朵。大脑前额叶位置附近还隐隐作痛，我有点儿意识模糊。

这个声音我应该在哪里听到过。唰唰唰，貌似是铁锹铲土的声音。

奇怪了，虽然我不知道这个房间下方是什么样的，但是铲土的话，肯定是在院子里呀。可是，怎么听这声音都觉得好像不是从外面，就是从我斜下方传来的。

我想，反正这既不是小孩的抽泣声，也不是鬼婆婆的磨刀声，还是别管那声音，睡觉吧。然而，我的神经却总是被那声音牵动。应该没错，就是在铲土挖坑的声音。我并不觉得害怕，但就是很在意。

到底怎么回事？我并没有好奇到想要下楼一看究竟。要是这么做，感觉睡意会彻底消失不见。还是随它去吧。哎呀，但是……

那个声音断断续续一直没停。除此之外，我并没有听到人的呼吸声，或是其他任何声音。

不知道是不是我睡得头脑有点儿不清醒了，明明刚才还很淡定从容，渐渐也开始感到焦虑不安。希望只是老板娘在收拾什么东西。毕竟能感觉到那个在铲土的人为了避免影响到客人休息，特别小心，尽量不弄出大动静。但是，如果楼下的不是老板娘，那可怎么办？假设是个小偷的话，这家伙肯定是觉得这里没人才闯进来的。那他如果注意到楼上有人，岂不是会想来谋害我？这跟小孩怕鬼可不一样，我这是担心实际可能会发生的危险而产生的恐惧。

不过仔细想想，这简直就是杞人忧天。如果在楼下的是小偷，察觉到二楼有人住，肯定会逃跑的。话说回来，世上哪有那么笨的贼，跑到一间就要被拆除的空屋子里行窃。即使误闯进来，也肯定会垂头丧气地离去。

这么看来，在楼下的一定是老板娘。肯定没错！别瞎操心，赶紧睡觉！

不对……

我缓缓坐起来，不祥的预感让我无法入眠。起身时，地板发出了声响。不知道是不是因为听到了这个动静，楼下的声音消失了。果然是有人闯进来了。

一切又回归寂静。

我一动不动，所有的声音都消失了。安静得感觉几乎要耳鸣了。

大概是幻听了吧——我这么想绝不是为了摆脱不安情绪而自我欺骗。也许是在做梦吧？或者是昏头昏脑地把外面的声音听成屋里的声音了。我等了一会儿，寂静并没有被打破。

我内心出现了两个声音。一个向我提议：下去看看，确认一下；而另一个却表示：完全没有这个必要。我并不害怕，而是觉得麻烦，懒得挪步。半夜里猛地醒来，去了趟厕所后就再也睡不着了——这样的事我经历了不止一次。

我打了个喷嚏。刚才感冒都快要好了，这可不行！盖好被子，早点睡觉！

但是，现在几点来着？我在枕边摸索着，想看看手表。可是，天太黑了，连手表的指针都看不清。我正处在一片黑漆漆的夜里——这点是毋庸置疑的。我爬向窗口，朝外望去。窗户应该是朝着东面，可我现在却连山的轮廓都看不清。刚才睡得太早，说不定现在才十二点左右呢。我寻思着，朝四周望了望。

这一望，让我大吃一惊。

有人！我看见一个男人的背影。

荒郊野外的，这么晚了居然有人！他朝着国道的方向走去。他在干吗？借着微弱的星光，我看见那个人走得很快，头戴棒球帽，手里提着的像是个旅行包。

太奇怪了。

这个男人从哪儿来？旅馆的背后是一片乱树林，并没有人家。那他是刚从旅馆离开的吗？

也未必。刚才来的时候天色已暗，所以可能是我没看清楚。说不定树林深处还有人家，说不定还有条穿过树林的小路。我试图说服自己，但还是无法释怀。

看着男人走上国道，左拐消失了，我又开始胡思乱想起来。那男人说不定刚才就在楼下。估计是个小偷，在楼下行窃，听到二楼地板的声响以及我的喷嚏声，察觉到二楼有人，于是急忙拎着用来装赃物的提包落荒而逃。

我回到被窝，将头枕在枕头上。疑团并没有解开。就算那个男人是小偷，察觉到屋里有人而仓皇逃跑，但不管他再怎么蹑手蹑脚，开关门时总会发出声响吧。可是，刚才什么声音也没有，仿佛他是穿墙而出的。

“又不是幽灵。”我大声否定。

对！又不是幽灵。

但是，那个声音到底是什么？

那个男人到底是谁？

好困。

明天早上，身体状态良好……

能散个步就好了……

拆了这里，建一座西式民宿酒店……

中途离职的商社职员……

天体望远镜……

以吕波旅馆最后的客人……

羊羹……

荒凉僻静，世外桃源……

棒球帽和旅行包……

铁路遗址……

被废弃的隧道……

黑洞洞……

好困……

……

……

……

3

车开进 168 号国道时可以看见一块不负责任的警示牌，上面写着“整条路段当心落石”。

火村英生坐在副驾座位上，从口袋里掏出昨天晨报上剪下来的那条报道，重新又看了一遍。我瞄着他的侧脸，苦笑着说道：“那个叫‘蒲生’的刑警可感谢我了。他说‘本来要上门拜访的，没想到您愿意莅临大塔村，那真是太好了’。说不定他觉得我闲得慌。”

“肯定会这么想。对方还会觉得你是个超级怪人，要小心提防呢。”

火村英生系了条细领带，歪歪扭扭的，被风吹得卷在了脖子上。

“我跟他说过我是推理小说家，所以也有可能会认为我是为了收集写作素材而东奔西走，应该不至于要小心提防我吧。我这可是给警察省去不少时间和劳力，还附赠配备了一位犯罪学专家。”

“我可不是附赠品！”火村指出我说得不妥的地方，反驳道，“我可是在百忙之中抽出时间，大老远从京都赶过来的，你能不能对我客气点儿呀。”

“这不也是你的工作吗？应该说是你的研究吧。作为犯罪社会学专家这可是本职工作——正经的实地考察，不是吗？”

奔赴犯罪现场，参与并协助警察办案调查，这是火村一直以来的研究方法。可以称之为“临床犯罪学专家”。迄今为止已有多起疑难案件都是靠他才解决的，所以警察也认可他的功绩，积极主动协助他的实地考察。不过，应该还不至于奈良县的每一个警察都知道他的名声吧。

“不过，就算这是一起凶杀案，那也是很久以前的案件了，不可能火村教授一出面就能轻松解决吧。”

报纸上只写了“地板下面惊现白骨尸体”。但昨天傍晚，我第二次电话联系蒲生刑警后得知，那应该是一具十多年前的尸骨。头盖骨上留有伤痕，可以确定是被钝器殴打造成的。死者身份尚不明确，但有人在私底下议论，会不会是之前以吕波旅馆里的一个名叫“国广淳夫”的男人。

“话说回来，地板底下居然会挖出白骨尸体，那个老板娘一定吓一跳吧。我只在那里住过一晚，都觉得怪吓人的。嗯……老板娘好像是叫才藤茂美吧。”她的名字我是在报纸上看到的。

“那个叫国广淳夫的，是老板娘姐姐的丈夫吧。你在那里过夜那晚，闲聊时她没有谈起过这个人吗？”

“老板娘只说过，两年前她才接手旅馆，之前一直是姐姐在打理，她打打下手。姐夫十六年前失踪了什么的，可没听她说过。估计就是因为姐夫失踪了，她才去给姐姐帮忙吧。”

“但是，你不是说，那民宿虽说是家旅馆但规模很小吗？国广夫妻就靠那个能维持生计吗？”

“有可能她丈夫还有其他工作吧。不过，如果是十六年前的话，那旅馆肯定还很漂亮。估计是没什么干劲的老板娘一个人接手以后才变得破旧的。”

“那也就是说，十六年前失踪时，就只有国广夫人在旅馆里咯。那不就是她杀了丈夫，把尸体埋在了地板下面吗？”

“哎呀，你这就把案子解决了呀。”我略带讽刺地说道，“可是，如果真是这样，那我听到的那个像在挖坑的声音究竟是啥？凶手的幽灵吗？”

“如果你现在已经开始怀疑是不是自己睡得迷迷糊糊时的幻听，那就立马在这里掉头吧。”

“不会，那不可能。那个声音，还有那晚的黑暗，我到现在都记忆犹新。”

就在我们聊着天的时候，车已经驶过城户。一周前我在这条路上，又是换乘公交又是默默徒步，今天一下子就开过去了。当时因为头痛走了好久的新天辻隧道，现在开车也是瞬间就穿了过去。我们离以吕波旅馆越来越近了。确切地说，应该是以吕波旅馆的废墟。

虽然蒲生刑警事先交代过，经过新天辻隧道来到这儿后开到大塔村镇上，先到村政府附近的派出所报个到。但是我们还是想在这之前先看一下现场。我在一个有印象的拐角处左转了。

旅馆已经不见了。

原本旅馆的位置，现在就只剩下堆成小山的建筑垃圾。现场已拉起黄色警戒线，禁止入内，周围看不到负责搜查的刑警。我们下了车，走到了黄线旁。火村环视了一下四周。

“这里有些偏离国道啊。不过这样更安静，挺好的。”

“其实国道上车流量也没多少。不过好像确实有客人说过，这偏一点儿的位置，反而有世外桃源的感觉。”

“买了这里打算开西式民宿酒店的那个前商社职员真够倒霉的。他一定想不到把这里推平重建时，居然会出现一具白骨尸体。”

“真不吉利啊。”

我们绕着现场的警戒线转了一圈。听说是拆除作业的第二天发现了白骨。又不是打地基，怎么会挖到白骨呢？这是有缘由的。拆除工程的委托方——名叫“汤浅”的前商社职员，他指着现今发现白骨的地方对工人们说：“挖这里看看。”这简直就像是《开花爷爷》[1]中的小狗波奇。

汤浅提出这个要求，并不是因为他有超能力。听说在收购以吕波

---

① 《开花爷爷》为日本家喻户晓的童话故事。童话故事中，一对善良的老夫妻收留了一只叫波奇的小狗。老爷爷带波奇去田里干活，波奇指着某个地方要爷爷挖土。挖开后，发现里面埋藏着好多金币。

旅馆时，为了弄清房子的老旧程度，他曾钻到房子的地板底下[①]查看。就是在那个时候，在房屋占地的正中央，他发现了一个被填埋的大坑。拆除作业时，他忽然想起那块地方，寻思着里面该不会是埋了什么可怕的东西吧。谨慎起见，让工人一挖，没想到还真“中大奖”了。

“都打算拆除重建了，还特地爬到地板下面去查看，真是个怪人。”

“听说他担心有白蚁，查看一下以作为后期建房的参考。”这是我从蒲生那里听来的。

“哦。盖个房还真不容易呢。”

火村从学生时代开始就一直住在寄宿公寓里，后来成了公寓唯一的房客，他趁机征得房东奶奶的允许，用书侵占了好几个房间。

“我没买过房，不过这可是一辈子的事，肯定得万分慎重，看到被填埋的大坑，肯定会在意的……喂！”

火村已经跨过警示带，到里面去了。作为一名大学教授，这样真的好吗？

“又不是昨天发生的命案，不会破坏证据的。这是为了防止小朋友跑进去玩受伤，才拉的警戒线。我进来一切后果自负，当然就没问题了。”

“这借口也太随意了吧。你这么说，有点特权主义。”我嘴巴上这么说着，却不知什么时候自己也站在了警戒线的内侧。

---

① 传统的日式住宅多为木造结构。为防止泥土的水汽和湿气直接腐蚀木制建材，底层一般为架空结构。

废弃的建材堆成小山，小山之间的平地上盖了一块蓝色的塑料布。火村单膝着地，毫不犹豫地把它掀开。一个直径两米、深度两米左右的大坑出现在了眼前。白骨尸体就是在这里被发现的。坑比想象中要大，估计警察为了获取更多的证据把里面翻了个底朝天。

就算目不转睛地盯着大坑，也无济于事。火村很快站了起来，把布盖好，然后漫无目的地踢着旁边的圆柱，让它滚过来翻过去。

“你们不能进去！警察不让进去的！”

背后响起了一个声音。回头一看，一个表情严肃的男人站在那里。这人头顶秃了，发型像河童一样，年龄六十岁左右。他两手叉腰，连姿势都仿佛在说：我生气了。

“啊，不好意思，一时好奇。”

火村泰然自若地说着，跨了出去。大概是因为我们很快就认错了，男人把双手放下，态度柔和起来。

“这儿发生了命案，挖出一具被埋了好久的白骨。”

“我们知道的。为此事，我们正要去警察那儿。”

“你们是才藤的亲属？”男人看上去兴致勃勃的。大概闲得慌吧。

“并不是。我们是以吕波旅店最后的客人，警察想向我们了解情况。”

大概是解释起来太麻烦，火村说得像自己也在这儿住了一晚似的。

“最后的客人？你们是什么时候入住的？”

“一周之前。”我回答道，“真没想到在尸骨上住了一晚，还是一具凶案死者的尸骨。”我并没有提及曾经听到挖洞的声音一事。

“我们住在附近的都吓了一跳。死者好像是十六年前消失的，现在忽然以这种方式出现，真是的。”

那个男人似乎是一直住在这附近的居民，从他口中应该能获得一些线索。火村当机立断地向他问这问那。

“您住在这附近吗？”

“我在南面路口处的一座佛堂里经营一家建筑公司。公司的建材基本都堆放在这里，所以我每天至少会来这里一次。”

他说的应该就是那竖着一块“菊池建筑公司”招牌的地方吧。

“听说死者是一位叫国广淳夫的人。他曾经是这家旅馆的老板，对吗？”

“是啊。不过是个吊儿郎当的老板，旅馆的活儿几乎全部都扔给了他老婆。他要么大白天就喝得醉醺醺的，要么突然跑去大阪那边玩儿，几天都不回家。所以，他忽然有一天消失了，大家也只是觉得他肯定又是上哪儿去潇洒了。直到一个礼拜以后，他都没回来，这时他老婆才去警察那里报了案。”

“这么说来，他们夫妻关系是不是很差？”

“也没到水火不容的程度吧。吵架好像是有的，不过就像普通夫妻一样吧……你是不是觉得是玉枝女士杀死了她老公，把尸体埋在了这里？”

“他妻子叫‘玉枝’呀。您误会了，我并不打算随随便便地主观臆断她是凶手。只不过，一直失踪的丈夫在地板下面变成了白骨才被发现，那么大家自然都会怀疑一直住在房子里的妻子。”

“话是没错。不过，玉枝女士两年前就已经去了另一个世界。现在来揭露真相，证明她是凶手也没什么意义了。”

“她是不是还挺年轻的？”

“五十出头吧，死于胰腺癌。上天真是不公，她是一个心地善良、性格温柔的女人啊，长得也很好看，虽然不及她妹妹。”

我插了一嘴：“你说的妹妹，是才藤茂美女士吧。一个礼拜前我承蒙她照顾，所以知道她确实是位大美女。”

“虽然现在是半老徐娘了，但年轻时她可是被称为村里的‘一枝花’。”

“她们姐妹俩关系好吗？”

“那是当然，她们俩都只有对方一个至亲……不过，姐妹俩在找男人方面都不走运。茂美女士的丈夫也人间蒸发了。”

他说的这句话很有价值。

“老板娘的丈夫也不知道去哪里了吗？”

“他曾经在我的建筑公司上过班。不过……五六年前就不知去向了。”

4

县警刑事一科的蒲生刑警在派出所等着我们。他把我们带进办公区最里面的房间，并对我们的远道而来表示感谢。这是个六张榻榻米大小的空间，是驻地民警的生活起居室。民警不在，他的妻子给我们端茶倒水，真是过意不去。

从蒲生的外表，完全没法推断他的年龄。他脸上的皱纹很深，表情和声音却很年轻，看上去既像童颜的天命之年，也像未老先衰的而立之年。他刚才谈及自己高中毕业以后就当了警察，至今已有二十五年，从这点可以判断，他应该是四十来岁。

我向他讲述了一周前的经历。他一边听，一边做笔记，有时也向我提问，其间他频频附和道："真是怪事呢！"听完我的讲述，蒲生很翔实地向我们讲述了事件的情况。大概是以此感谢我们从大阪远道而来，或者是出于为犯罪学专家服务的好意，但也可能仅仅只是因为他是个话痨。

"死者牙齿和国广淳夫生前的口腔科记录对比一致。另外，白骨身上的衣服和当年记录在案的国广淳夫失踪时的衣物一致。现在正在进行 DNA 的鉴定。就目前的鉴定结果，可以断定是他杀，问题在于是什么时候被杀的？如果是失踪之时遇害的，那么就是十六年前的事了，已经过了追诉期。但是，如果凶案是十四年前发生的，情况就大不一样了。”

众所周知，故意杀人罪的追诉期为十五年。

“从尸骨能判断死亡时间吗？”

对于我的提问，蒲生一副似笑非笑的样子，说道：“法医说比较困难……”

“相当困难吧。死后立刻被掩埋的情况下，尸体变成白骨大概需要五年的时间。从那时起，骨头将变得十分脆弱，容易损坏。即便使用显微镜观察骨头组织结构的破损程度，或者用紫外线照射的方法来确定骨头发出的自体荧光的强度，也无法判断到底是死后十四年还是十六年。更何况我们都不知道这具白骨到底是什么时候被埋在地下的。这样一来，顶多只能判断是死后十年以上还是十年以下。”火村解释道。

“您知道得可真详细。火村教授对法医学也如此了解，不愧是犯罪学的专家。”蒲生发出了啧啧赞叹。

“我只是略知一二。和尸骨一起，还有发现别的能推断死亡时间的证据吗？”

“我们仔细探察了，但是什么也没有发现，没找到凶器，就连被害人的个人物品也没有。只发现了上衣口袋里有一个空钱包和一支抽了一半的香烟。”

“也没有凶手遗留下的东西，对吗？”

“完全没有。”

“其实，我们刚才去现场看过了。取证作业已经结束了对吧？你们这结束得也太快了吧。”

“本来至少得明天才结束。可是本案的遗骨非常紧凑地聚在一块地方，使得昨天一天就完成了取证作业。”

“如果无法从尸骨来判断死亡时间，那能知道填埋尸骨的坑穴是什么时候挖的吗？”这是我比较关心的问题。

“那更困难了。即便有鉴定的方法，那里也已经被建筑工人们大挖特挖过了。”

“房屋拆除工程的委托方——汤浅要求工人们挖的吧。”火村说道，“听说那个人知道地板下有埋藏过东西的痕迹。”

“是的，据说是在查看地板下方白蚁时发现的。他眼睛可真尖哪，只是人有些古怪。我听说，他在左邻右舍到处打听，说‘那家旅馆地板下有埋藏过东西的痕迹，关于那旅馆是不是有不好的传闻’。不过，即使汤浅没钻到地板下面去查看，民宿酒店开建，打地基的时候，也会被挖出来的，迟早是要暴露在光天化日之下的。”

“国广先生的家人呢？”

“有个比他小很多的弟弟，住在奈良市。是这个弟弟来取的遗骨。

听说他得知哥哥是被杀害的，受到不小打击。国广淳夫这个人说他自私也好，性情不定也好，总之年轻时自由放浪。他弟弟怎么也没想到哥哥居然遭人杀害，还被掩埋了。人不见后第七年，法院宣告其失踪，其实在法律上讲国广淳夫已经死了。”

“如果因为追诉时效已过而不立案侦查了，他一定很失望吧。”

“他拜托我们一定要好好调查。可是，怎么说呢……凶手有可能都不在世了。他弟弟本人对于案件的侦破也没抱太大希望吧。”蒲生拐弯抹角地说道。

我明白蒲生在暗示着什么。他不就是想说，如果国广是被杀害后埋在旅馆地下的，那么凶手只可能是国广的妻子玉枝。

“追诉时效可能已经过了，凶手可能已经死了，那我们能做的或许只有虔心祈祷死者能成佛归天。”蒲生接着说道。

“你觉得凶手是国广玉枝？”火村直言不讳道。

“这倒不是警方的官方立场，纯属我的个人看法。村子里也是这么传的。”

“但是并没有找到玉枝杀害了淳夫的铁证，对吗？”

“确实如此。但是，火村教授，间接证据可都齐了。国广淳夫十六年前失踪时就被杀害，然后被埋在了地板下——这个可能性非常大。而那时住在旅馆里的只有他老婆玉枝，杀人的、藏尸的都是他老婆。”蒲生说得非常肯定，那斩钉截铁的态度似乎在说：哎！我就不和你们绕弯子了。

但是，我有不同的看法。

“按常理来看，你说得确实有道理。但是，白骨是什么时候埋在以吕波旅馆地板下面的，这一点还不是十分清楚。说不定原来埋在别处，一周前的那个晚上，凶手把它挖了出来，转移到了以吕波旅馆。遗骨集中埋在一处正说明了凶手是把遗骨装在包里转移的。”

说起来有点毛骨悚然，我听到的那个声音很可能就是凶手转移尸骨发出的声响。

“他干吗这么做呢？”

“这……我就不知道了。”

“十六年里没人知道国广淳夫是死是活，这说明凶手把尸体藏得非常隐蔽。事到如今没有理由要转移尸骨呀。”

关于这个理由只能通过假设来说明。

“或许，有可能发生了某些状况，导致之前埋藏尸体的地方藏不下去了。比方说，那里将开展历史遗迹挖掘调查工作。”

“这附近没有那样的地方。”

“只是一个假设而已。”

“所以凶手大胆地潜入空无一人的以吕波旅馆，在半夜把尸骨搬了过去，这就是你的解释吗？不对呀，还是太奇怪了。以吕波旅馆都确定要改建成民宿酒店了，凶手完全可以预见总有一天尸骨会被挖掘出来的。”

“说不定凶手并不知道这件事。”

“这个村子巴掌大的地方，哪会有人不知道呀。撇开这点不谈，假设真有那样的凶手，他不知道那里要被改建，冒着被人发现的风险转移尸骨，结果一个礼拜以后尸骨被挖了出来，真有那么巧的事吗？那凶手也太冒失了吧。”

“是的，说不定就是发生了一个对于凶手来说非常非常不幸的意外。”

刑警不置可否地“嗯”了一声。“有栖川先生，如果你说自己亲眼看到了挖坑的凶手，那说不定真的就是像你说的那样。可是，你只是听到了声音而已，那就……”

“我确实看到了一个可疑的人影啊。”

“那个戴着棒球帽、拎着个大包的男人吗？可他并没有带着铁锹，不是吗？”

“他的大包差不多有一米长，完全可以塞下一把铁锹。”

“说不定他只是个路人而已。”

“第二天早上我去确认过，旅馆后面既没有别的人家，也没有任何小路。我不认为是路人。并且，老板娘送来早餐的时候，我还和她说起了这件事。她很疑惑地说了句，‘哎呀，真是怪事’。哦，不！她当时表现出非常害怕的样子。”

“那是因为那个男人的打扮让她害怕。”

我一时没明白对方在说什么，疑惑地歪了下脑袋。

“实际上，才藤茂美女士的丈夫也失踪了，至今没有一点儿音信。”

这个消息，我们在来这里的路上就已经得知了，不过我装作不知道，听蒲生继续说。失踪的老板娘丈夫，名叫才藤道昭。因为他是与以吕波旅馆相关的另一名失踪者，所以蒲生刑警昨天已经调查过。据他所说，才藤道昭是在五年前的六月二号失踪的。当天他说了句，“我去下关市亲戚家，三天左右就回来”。然后提着一个旅行袋，戴着一顶棒球帽出了门，从此一去不回。

“棒球帽和旅行袋……和我看到的那个人影一模一样呢。”

“老板娘听说同样打扮的男人半夜里走在旅馆附近，当然会吓一跳。因为这简直就像自己老公偷偷回来了嘛。哦，对了，刚才我忘了问，有栖川先生你看到的那个男人戴着哪个球队的帽子？顺带提一句，才藤道昭经常戴着的是大洋鲸队[①]的帽子。”

“也就是现在的横滨海湾之星队[②]咯。具体戴了哪个队的帽子，我没看太清楚。奈良县的深山里居然有海湾之星队的球迷，这不奇怪吗？”

“他父母是下关人的缘故吧。海湾之星队母公司的水产品加工业与下关市一直有联系。”

“突然问了一个与案件无关的问题，真不好意思。不过话说回来，我都觉得有点儿毛骨悚然了。那个人影很可能是老板娘的丈夫道昭先生吧。”

---

① 日本职业棒球队名称。以山口县下关市为据点，几经合并改名变迁。

② 日本职业棒球队名称。由大洋鲸队和其他队伍合并后成立。

“怎么可能！那应该是个巧合吧。假设那个人真的是才藤道昭，那你说他大半夜在那样的地方干什么？难道你想说他为了转移国广淳夫的尸骨特地回了趟家？”

我一时哑口无言。真不应该随口瞎说。

“哎呀，这么一想，确实不可能。首先道昭先生没有杀害国广淳夫先生的理由啊。”我羞愧地点头承认道。

蒲生苦笑了一下，说：“不过听说他们俩关系差得很。”

“啊？原来这两个人互相认识呀。”

“两个人都是在这个村子里长大的，小学时就认识了。听说很早以前就性格不合，一直吵架。并且这关系不好的两个人还分别和玉枝、茂美两姐妹结了婚。不过，道昭先生和茂美女士结婚时，淳夫先生已经失踪了。所以，他们并没有作为亲戚互相来往过。”

“他们俩什么时候结的婚？”

我把蒲生提供的信息写在了记事本里。并把案件主要人物的相关事件按照时间顺序排列了一下。

十八年前・玉枝和国广淳夫结婚

十六年前・淳夫失踪（此时已经被害？）

十五年前・茂美和才藤道昭结婚

九年前・警方宣告淳夫失踪（推测已经死亡）

五年前・道昭失踪

二年前·玉枝病逝

一年前·茂美关掉了旅馆

这样下去，感觉要变成“无人生还”[①]了。火村探过头来看我的笔记，用食指划着嘴唇。

“虽说道昭先生跟淳夫先生关系不和，但是，我觉得他不至于因此而杀人吧。”关于凶手的杀人动机，蒲生非常谨慎。

而我却又将自己的突发奇想脱口而出：“有没有这样的可能？道昭先生想和茂美女士结婚。但是，他特别讨厌淳夫先生，不想做他的妹夫，姑且就把他杀了。”

“淳夫被害时，哪些人有不在场证明已经无从调查，所以可能性也不是零。但是，仅仅因为这样就去杀人，那也太荒唐了吧。”

这只是我的想象而已，作为杀人动机确实有点牵强。

火村看完我的笔记，抬起头问：“才藤道昭先生是一位什么样的人？”

“他好像和国广淳夫不同，是个一本正经的男人。我听茂美女士说，他工作认真，家庭和睦。”

---

① 此处日语原文为：そして誰もいなくなった。直译为：然后谁都不在了。作者在这里用了经典推理小说《无人生还》的题目作为一个梗。《无人生还》（*And Then There Were None*）是英国著名女侦探小说家阿加莎·克里斯蒂的代表作之一，多次被各国翻拍成戏剧、电影、电视剧等，在日本的译名正是《そして誰もいなくなった》。

“有谁看到他拎着旅行包离开了村子吗？”

这个问题，对蒲生来说好像有点儿意外。

“没有。听别人说，他在玄关和茂美女士告别后，就再也没人看到过他了。”

“要出村的话，肯定要开车或乘坐巴士才对呀。”

“茂美女士说他步行去了车站，但是好像并没有人看到他坐上了巴士。因为这个事情不足以立案，所以并没有进行过深入的调查。”

火村好像明白了什么似的轻轻地点了点头。

5

在以吕波旅馆南面大约三百米的地方有一栋孤零零的房子，那里就是才藤茂美的家。房子正如她本人所说的那样非常破旧，二楼微微向右倾斜，瓦房顶上杂草丛生随风摇摆。

“果然没错。”火村下了车，站在房子前，又一次好像明白了什么似的喃喃自语。

“什么果然没错？”

“我就猜到会是这样的房子。”

“是什么样的房子？”

“咦，那里有人！”他指着玄关旁边水槽处的人影说。

“抱歉打扰一下。”我直接打了声招呼。

窗户开了，老板娘探出了头。准确来说是前老板娘。

“哎呀！你是那晚的住客！”

不出所料，她大吃了一惊。

“你还记得我呀？那天晚上真是麻烦你了，谢谢。”

“哪里哪里，都没能好好地招待您……您今天来是有什么事儿？”

我告诉她是来向警察说明那天晚上发生的事。老板娘听后，一脸惊讶地说：“您特地为此从大阪过来的啊。在我这儿住的一晚，给您带来了不少麻烦呢。”

“不用介意。反正都已经过来了，我就想顺便来问候你一下，所以向刑警问了老板娘的住址……你现在忙吗？”

“不，一点儿都不忙。我这地方又脏又乱，如果你不介意的话，就请进来坐坐吧。咦，你还带了一位朋友来呀。”

“这位是我朋友，他叫火村。”我简单介绍了一句就进屋了。进她家看看正是我们来找她的目的。本来我也想好好谢谢她，所以还特地从大阪带了一盒小点心来。老板娘连连表示过意不去，同时像拜谢恩赐似的收下了。

“那边的旅馆已经够寒酸了，这里更是有过之而无不及吧。”

我环视了一下这间六张榻榻米大小的房间，赞同之论差点不小心脱口而出。这房子建了有好几十年了吧，饭桌、斗柜、电视都是充满了年代感的老物件，能看出她生活相当俭朴。

“你们坐，我去给你们沏茶。不过我这儿可没什么好茶叶哦。”

老板娘走进厨房。火村立马悄悄地打开了身后房间的移门，这是一间木地板的房间，塞满了各种杂物，好像是储藏室。

“喂，这样不太礼貌吧。你是不是在……”

“嗯。我在找证据呢。”

火村把移门合上后，又把头伸到了饭桌底下。我面无表情地看着他，不知道他这么做是要干什么。

“这下肯定有问题了。”说着，他把头伸了出来。

“有什么问题？”我刚想细问，老板娘已经从厨房走了出来。火村装模作样地对她说了句，“让您费心了。”

“火村先生，您也是写小说的吗？”老板娘笑容满面地问道。

“不，我在京都的英都大学教社会学。”火村停顿了一下，“是犯罪社会学。”

“哎哟，研究犯罪呀。”老板娘突然将目光向下滑去。

“我听说朋友住的旅馆地板下面发现了白骨尸体，出于好奇就一起过来了。并且，根据朋友所说，好像是半夜里有人过来埋了尸骨。所以我就纳闷儿了，会有杀人犯做出这样奇怪的行为吗？”

“是。第二天早上我听有栖川先生说了这事，也觉得不可思议。当时还不知道尸骨的事，所以我还在想，这么破破烂烂的旅馆里居然进了贼，真是奇了怪了。”

“他看到的人影戴着棒球帽，提着旅行包，这个你也听说了吧？当时没有从那身打扮上联想到你失踪的丈夫吗？啊，突然问你这个，实在冒昧。关于你丈夫失踪一事我们是从警察那里得知的。”

老板娘喝了一小口茶说：“我也觉得挺恐怖的。但是，他肯定不会半夜里出现，也不联系我，独自在旅馆周边转一圈就回去了。那应该是别人，只是和他穿着相同的衣服而已。”

"对。就是别人。"火村说得非常肯定。

老板娘吃了一惊。

"来这之前，我们去见了菊池先生。那个戴棒球帽、拎旅行包的男人正是菊池先生。"

老板娘看向我，我朝她点点头，表示火村说的句句属实。

"深更半夜穿成那样，他到底在干什么呢？他试图钻到以吕波旅馆的地板下刨坑呢。那天白天，汤浅先生向他打听了关于地板下面坑穴的事情。汤浅先生问他，'那个旅馆有什么不好的传言吗？'汤浅先生想象的应该是些不吉利的东西。菊池先生可不一样。或许是因为他比较了解左邻右舍的情况，也或许是因为他生性乐观，他想的可是——以吕波旅馆的地板下肯定埋了不得了的东西。"

"不得了的东西是指……"老板娘战战兢兢地问道。

"钱呀。他说他觉得您手里头有很多钱。"

"哈？真是个怪人。我要是有钱，早把房子装修了。"

"菊池先生觉得您把装修的钱也省着，存了起来。他觉得您有钱是有根据的。因为和老板娘关系密切的几个人都去世了。他觉着您肯定拿到不少人寿保险金。"

"我们没怎么买保险。况且，我姐姐治病花了不少钱，哪有存款！他怎么能这样妄加揣测！"老板娘放低了声音，"他误解了是他的事，但是一声不吭地跑来挖洞，这不是犯罪吗？"

"确实属于私闯民宅。只是他并没有成功，所以不会受到处罚。那天，他试图潜入旅馆，但万万没想到，已经倒闭的旅馆里居然住着客人。察觉到客人的存在，他仓皇逃跑了。那就是有栖川看到的人影。”

怪不得我并没有听到旅馆大门开合的声音。原来是因为菊池被我的喷嚏吓跑了。

“棒球帽加旅行包这个装扮也是有原因的。戴帽子是为了遮住他醒目的发型，以免大老远就被街坊邻居一眼认出，大旅行包里装的是铁锹，当然，同时也是为了装挖出来的现金。”

“越听越让人震惊。菊池先生居然做那种事……他很照顾我老公，我还挺感激他的。真是太令人失望了。”

“他可是看好时机行动的。因为拆除作业马上就要动工了。”

“不过……”老板娘微笑着说，“谜团解开了，我心里舒坦了许多。”

“并没有解开哦。如果菊池先生所述属实，有栖川听到的声音就必须得有其他的解释。那个从楼下传来的悄悄挖洞的声音，那是谁？在干什么呢？”

老板娘对于火村的存在似乎有些恼了，但她并没有表现出来，只是小声地嘟囔了一下。

“似乎有人挖了个洞。然后，在那发现了国广淳夫先生的尸骨。按常理自然会想到是挖洞的人掩埋了尸骨。但是，这并不是唯一的答案，可能性有很多种。”

我也不知道接下来火村到底要说什么，只见他举起张开的右手，然后弯下了大拇指。

“其一，那家伙为了掩埋尸骨而挖洞。”食指弯了下去，“其二，那家伙为了确认那里是否有尸骨而挖洞。”中指弯了下去，“其三，那家伙为了将和尸骨埋在一起的东西取出来而挖洞。”无名指弯了下去，“其四，那家伙为了把某样东西和尸骨埋在一块而挖洞。”

他的右手只有小指还立在那儿了。

“我们来验证一下这四种可能性。首先第一种，这个可能性不成立。因为旅馆将要拆除一事，全村人都知道。如果他在那里埋尸骨，那不就等于希望大家找到这具尸骨嘛。”

“有没有可能，他出于某种原因希望大家发现尸骨呢？”我插嘴道。

“这也不可能。如果他真想大家发现，那就没必要费那么大工夫把它埋到地板下面。方法多的是，比如直接放在派出所门口不就行了。”

的确如此。

“然后第二种可能性，他为了确认尸骨的存在而潜入旅馆。这也说不通。如果他是个好人，肯定会向警察报案；如果他是坏人，为了不被人发现，肯定会把挖出来的尸骨转移到别处。挖出来只是确认一下，什么也不做，这个行为没有任何意义。因此这种可能也不成立。

“第三种可能性如何呢？比如，挖坑的人实际就是杀害淳夫先生的凶手。他想起尸骨旁边埋着一块手帕，上面绣着自己的姓名缩写，所以要把它取出来……这样的事也不可能会发生。那么危险的物证，如果他知道埋在里面，肯定早就把它挖出来了，不可能一直放着不管。所以这个也不成立。

“那么第四种呢？还是不成立。根据警察所说，坑里面除了尸骨没发现任何其他东西。”

老板娘表情呆滞，不知道她有没有听懂火村说的话。

“你把四种可能性都否定掉了，那你想说是怎么回事？”

火村慢慢地弯下了他的小拇指。“还有第五种可能性。那个人挖开坑，把本来埋在里面的东西和尸骨调换了。”

我完全没想过这种可能性。疏忽了！老板娘一言不发，于是我提问道：“你所说的本来在里面埋着的东西是什么？”

“一样不可以出现在那里的东西。拆建工程中被人发现就糟了的东西。”

“你说的话可真奇怪，还能有什么东西会比留有谋杀痕迹的白骨更怕被人发现？”

“那具白骨尸体被发现也并不糟糕。因为即使被鉴定出是他杀，也过了追诉时效。当然，实际上法医的鉴定水平并没有那么精确，无法断定追诉时效是否已过。不过，凶手可能高估了现今的医学技术水平吧……老板娘，你怎么看？”

老板娘被问及意见，只是一个劲儿地摇头。

“等等！就算已经过了追诉时效，但这可是一具凶杀案尸体啊。还有什么东西不能被发现，必须和这具尸体交换呢？”

“如果有的话，那就是一具没有过追诉时效的凶杀案尸体。”

“你别开玩笑了。”

我一时真以为他在开玩笑。不过，下一秒，一个重要的线索从我脑海中闪过。如果除了国广淳夫以外，还有人被杀，那被害人就是……

“……难道是才藤道昭先生吗？”

老板娘就在面前，火村却若无其事地点了点头：“是的。如果是道昭先生的尸骨被埋在旅馆的地板下面，那挖出来后可就问题严重了。所以，那个人——凶手——在旅馆被拆之前慌慌张张地把尸骨转移到了别处。”

不对。火村的推理有说不通的地方。

“假设道昭先生五年前被杀害后，埋在了旅馆地板下面，所以现在要把尸体挖出来转移，这没什么问题。因为旅馆要拆建嘛。但是，为什么要把另一具尸骨放进去呢？那具尸骨不是一直藏了十六年都没被发现吗？凶手把道昭先生的尸体也埋到藏那具尸骨的地方，岂不更好？”

“按道理来讲确实如此，但是凶手没有这么做，估计其中有什么非理性因素吧。”

“什么因素？”

“也许凶手对于把两具尸骨放在一起有抵触。不是说，国广淳夫先生和才藤道昭先生的关系很差吗？凶手考虑到了这点，特地把两具尸骨分开放了。”

“凶手要是那么善解人意，就不会杀人了。”

“会，会的。人就是这样的。杀不杀人是另一回事。”火村说得非常肯定。至于他为何如此肯定，我也无从而知。

“凶手把两个人都杀害了？”

“说实话，这个我也不知道。但可以肯定的是，凶手同时管理着两具遗骨。”

“那会是谁呢？”我一边问，一边瞥了一眼老板娘。她僵直地坐在那里，像石头一样一动不动。

火村平静地说道：“从各方面来看，本案的关键人物就是您。您要是知道些什么，能告诉我们吗？”

老板娘抬起头，反问道：“我是关键人物，这话从何说起？”

“您姐姐已经去世了。和国广淳夫先生、才藤道昭先生两个人都有瓜葛的就只有您了。”

“我什么也不知道，这事和我一点儿关系也没有。”老板娘看起来既没有害怕，也不激动，只是有几分困惑的样子。

“不可能没有关系的。这里地处偏僻，如果凶手不是您的话，完全没必要把遗骨藏在那间旅馆的地板下。凶手为什么非得选择那间旅馆？原因在于：只有在那间旅馆她才能放心地完成挖洞、偷偷埋尸等一系列动作。也就是说，凶手就是您。”

“我为什么要把姐夫和自己的丈夫一一杀掉呢？”

“这就得由您自己来解释了。”

老板娘叹了口气，“冤枉啊，我没有杀人，也没有调换遗骨。话说回来，你凭什么说我老公已经死了？”

老板娘的提问十分在理。不过，火村并没有慌乱。

“我并没有要冤枉您的意思。不找到您丈夫的遗骨，您说刚才我所说的都是一派胡言，我也无话可说。那么，您丈夫的遗骨要是找到了，您会承认自己就是凶手吗？”

“我可不承认。退一万步说，即便在附近的乱树林里挖出了我老公的尸骨，那也无法断定到底是谁干的。”

“其实我已经猜得八九不离十了。道昭先生的遗骨如果还在的话，应该就埋在这个房间的地板下面。”

“你说这个房间？”我指着榻榻米，“你是说，这里？”

“对，我们坐着的正下方。十六年来，您把淳夫先生的遗骨藏得非常好，一定是藏在一个非常隐蔽的地方吧。如果是这间屋子的地板下，就说得通了。要是一直这样就好了。可惜，事与愿违。由于经济原因，您不得不出手一间房子，而那下面埋着一具五年前的尸骨。而且，买家还说要把房子拆了重建。五年前的那具尸骨是绝不能让人发现的，把它搬过来和淳夫先生的尸骨放在一起，您在心理上又有些抗拒。于是，您把两具尸骨调换了一下。这就是我所认为的整个事件的真相。”

“这都是你的推测而已，无凭无据嘛。”老板娘坦然地回答。

我开始有点担心，火村刚才说的是否切中了要害。

“你不开车，移动范围很有限。尸骨隐藏在哪里最安全，对于你来说，能想到的，自然就是自己家的地板下面。也就是这里，这个房间。隔壁的储藏室堆放了太多东西，而且是木地板房间，要挖地板下面不太方便，所以只可能是这间榻榻米的房间。如果你坚持否认的话，能让我翻起榻榻米看一下吗？”

我明白了，他刚刚钻到饭桌底下，是在确认榻榻米有没有被翻起过的痕迹。不过，我想，这么没礼貌的要求，不管老板娘是不是凶手都不会同意吧。然而……

“我不介意，你调查地板下面吧。随便你怎么调查。”

“那么，失礼了。”

火村站了起来，把茶壶放到边上，然后把饭桌竖起来，靠在斗柜上。我和老板娘也站了起来，注视着他的一举一动。

榻榻米的接缝处好像挺松的。火村将手指塞进接缝里，双手猛地向上一拽，扬起一团灰尘。他将翻起的榻榻米和饭桌一起并排靠着。这使得本身就窄小的房间显得更加拥挤。

我注视着地板。上面明显能看到最近被人揭开过的痕迹。钉子几乎都被拔掉了。火村弯着腰，非常轻松地把板子一块一块地拆了下来。没过多久，地板下面的部分就显露了出来。

“能看到挖过的痕迹呢。”

火村戴上了他在案发现场一贯使用的黑丝手套，开始像狗狗刨地似的挖了起来。因为那空间很小，塞不下两个人，所以我也没办法帮他一起挖。不过，他的“挖掘作业”并没持续很久。

犯罪学专家用两根手指捏起一根沾满土的骨头。

“这是人的骨头，肱骨，海绵柱骨组织有点稀疏，所以死者应该是四十多岁到五十多岁。挖到头盖骨或骨盆的话，我这个法医学外行也能鉴定出性别来哦。”

“果然……”老板娘并没有一丝忏悔，喃喃自语，“果然，他还在呢。他并没有消失，其他人也能看到他。我以为他彻底消失不见了呢。但……”

我以为老板娘在装糊涂，看了她一眼，发现她两眼无神，目光呆滞。或许她知道火村的推理说中了全部真相，内心已经逃去了别的地方。

“老板娘！只可能是你把这个埋在这里的……这个是谁的尸骨？”

她深深叹了一口气，用略带不耐烦的语气回答火村：“刚才你不是已经说了吗？”

6

我们陪同才藤茂美去蒲生刑警那里自首。警方向我们询问了整个事情的来龙去脉，并感谢我们为案件的侦破做出了巨大的贡献。整个过程耗费了我们大量的时间，从派出所出来的时候，天已经黑了。

如果是我一个人的话，我一定在“星之国”住上一晚，只是这次我一定要选择一家灯火通明的酒店投宿。可是火村坚持，不管多晚他都要回家。因此我们开车前往大阪。要是赶不上开往京都的末班列车就糟了，我拖着疲惫的身躯，强打精神，驱车一路飞驰。

“满天的星星呢。”教授透过开着的车窗仰望着星空，天真地说道。

“满天的骨头[①]？”我故意装作听错了。

“是星星。”

“话说回来，你拜托老板娘，让她准许你把榻榻米掀开，还真够冒险的。压根没有证据可以证明才藤道昭已经被杀害了。”

---

① 日语中“星星（ほし）”与“骨头（ほね）”的发音相近，只有一字之差。

“一点儿也不冒险啊。榻榻米就是最近被翻动过的，那是不争的事实。估计老板娘在重新铺放榻榻米的时候，一时慌了神，把方向弄反了。我通过榻榻米褪色程度的不一致，肯定了这一点，所以才敢强势出击。那个乱糟糟的储藏室也暗示了地板下会藏着尸骨。那个女人，一旦到手了的东西就不肯轻易放手，不能让人看到的危险物品当然会放在离自己最近的地方。”

“哦！哦！事后诸葛亮。”

“你为什么不承认你自己缺乏洞察力呢？”火村把车窗开得更大些，抽了一口骆驼牌香烟。

“但是，老板娘所坦白的一切究竟哪些是真的？哪些是假的？我还是有些怀疑。”

“那个啊——”火村漫不经心地说道，“不知道呢。她有可能只是编造了一个适合自己的故事。那就要看警察的审讯技巧和侦查技术了。要想知道真相可不是一件简单的事情。”

据老板娘所说，两个男人都是她姐姐玉枝杀害的。淳夫大白天酗酒家暴，玉枝出于自我保护，不小心用花瓶把他砸死了。至于道昭，他企图侵犯玉枝。玉枝反抗，猛推了他一下，没想到他一头撞在了柱子上，死了。两起意外发生后，玉枝都惊慌失措，跑来找老板娘商量，于是她就帮姐姐处理了尸体。

“她这不就是把罪都推给了死去的姐姐吗？”

“估计你说得没错。如果玉枝是在自己家杀害了国广淳夫，那没必要特地把尸体埋到茂美家的地板下面吧。淳夫一定是在茂美家被杀害的。杀人动机说不定是酩酊大醉的姐夫企图侵犯她。而杀死道昭的动机，说不定是因为丈夫的家暴，或者是因为道昭对玉枝动手动脚。反正，真相肯定就是这些情况中的一种。人如果要临时编出一堆谎言，通常会根据自己实际经历过的事情来改编嘛。”

我想起了第一次见面时，老板娘的穿着打扮——卫衣加运动裤，估计是为了方便挖坑才这么穿的吧。我恳求她无论如何都要让我住一晚，可以想象她当时有多么的为难。大概是因为我当时摆出了一副“拿轿子抬，我也不走”的架势吧。老板娘无论如何都要在那天夜里完成尸骨的调换，而那时却闯来了一个碍事的人。尽管如此她最终还是让我住下了，估计是因为她一厢情愿地认为：这样的病人，给他吃下感冒药就一定会睡得很香吧。

“你觉得老板娘的完美计划，在哪里栽了跟头？”

“这不明摆着嘛。”火村吐了一口烟，“就是因为她好心收留了你过夜啊。把你赶走的话，就不会有人听到半夜里的奇怪声响。那样的话，‘民宿旅馆地板下惊现人体尸骨’——这则报道也仅仅只是报纸上一条不起眼的新闻而已。死者妻子玉枝估计会被当作凶手，但是反正追诉时效已过，警察肯定就这么草草结案了吧。她这是被你恩将仇报了。”

正当我们这么聊着的时候，车已经开到了山脚下的村庄。终于到了五条。我决定走 24 号国道，穿过风林岭，一直北上就能到京都。

“我开车把你送到北白川的住处那儿吧。要不然，你现在到大阪也赶不上末班电车。本身都是因为我摊上这个案件，把你也牵连了进来，还拖你来这么远的地方。”

“哦，那再好不过了。”火村目光炯炯有神地说，“人生不可或缺的还是一个不太忙的自由职业者的朋友啊。刚才在派出所叫的天妇罗盖浇饭有点不太够，好想去哪里吃碗拉面呀。我不会对你恩将仇报的，拉面我请客。”

又不是高中生。不过一碗拉面罢了，一个三十四岁的大男人居然还那么得意地用“我请客”三个字。

话虽如此，拉面这一词倒是刺激了我的食欲。去哪里吃上一碗来结束这漫长的一天吧。我开始在我的记忆列表里，检索起“国道沿线的美味餐馆”。

大王花酒店

1

穿过旋转门的那一瞬间，一个熟悉的旋律在我脑海里缓缓流淌起来。那是老鹰乐队的大热曲目，摇滚史上的一部经典之作。那原始而又纯粹的前奏部分在我的脑海里回荡。

“《加州旅馆》里所唱的就是这样的地方吧。”

“啊，或许是吧。”片桐光雄站在我旁边点了点头，感叹道。他比我小一岁，是一名编辑。

此时，他摘下太阳眼镜，放在衬衫的口袋里，然后抬起头望向酒店高高的天花板——悬挂在天花板上的水晶吊灯华丽璀璨。之后他的视线沿着一楼与二楼之间的回廊扫视了一番。绿色的观赏植物和红色的扶桑花点缀着宽敞舒适的酒店大堂。大大的玻璃窗外，明朗清澈的天空与大海在眼前舒展开来。早春的阳光洒落进来，像轻纱一般柔和。休息区的客人们手持五颜六色的热带水果饮料，谈笑风生。每个人脸上都洋溢着幸福。把目光转向前台，柜台前后穿着海蓝色马甲的酒店员工笑脸相迎。映入眼帘的一切都包裹在一层美好的和谐之中。

火村英生站在片桐的旁边神态自若，用口哨吹着《加州旅馆》的高潮部分。

Welcome to the Hotel California

Such a lovely place

明明片桐邀请他时，他满不在乎，现在却是一副乐在其中的样子。

“不，不对！‘加州旅馆’是在沙漠公路的尽头，这里可是石垣岛的度假酒店，把两者联系起来有点牵强啊。”其实我自己也是一踏入酒店就想到了那首曲子，但我向来性格怪癖，立马推翻了自己前一秒说的话。

“我知道的。”片桐说道，“‘行驶在昏黑的沙漠公路上 / 凉风吹过我的头发 / 温馨的大麻香 / 弥漫在空气中’。这可是我卡拉 OK 的拿手曲目，歌词我全记着呢。”

“把英文歌曲作为拿手曲目有点不妥吧。说不定有人会觉得你装腔作势，讨厌你呢。也有人说这是去唱卡拉 OK 的禁忌呢。”

“有栖川先生你太循规蹈矩了，没那么多讲究的。在卡拉 OK，没人会在意你唱什么，只要自己唱得开心就对了。”

“是歌名啦。”火村插嘴道。他冷不丁地来了这么一句，我完全不知道他想说什么。

“一进来就想到《加州旅馆》这首歌，并不仅仅因为这儿是个度假酒店，更是因为它们的名字有些相似。”

他把视线移向我的脚边。我刚好踩在酒店的标志和Logo上面。在五片橙色花瓣下，“Hotel Rafflesia”几个手写体字流光溢彩。不过，“Rafflesia”和“California”这两个英文单词的拼写并不怎么相似。

“我们先登记入住吧。前台的工作人员在等着我们呢。”

片桐说了声“好的”，走向前去。在和前台确认预约信息时，他提到了一个名字——“浜松广告代理公司的浜松先生”。浜松广告代理公司呀，这个名称容易被误会成是静冈县的公司呢[①]。到达石垣机场的那一刻，我就沉浸在了度假的氛围中，脑子里净想一些不着边际的东西。

“各位，请填写一下入住登记卡。”大堂经理说道。

我们拿起笔，填写起来。在填写年龄一栏时，有那么一瞬间，34这个数字我怎么也想不起来。我好像已经到了记不住自己年龄的岁数了。入住登记卡的角上也印着一个小小的酒店标志。片桐单肘搭在柜台上，和前台的女服务员攀谈起来。

“大王花，好像是世界上最大的花吧。”

“是的，先生。”对方回答道。她脸上的笑容非常灿烂，没有一丝虚伪。能看出这里的工作人员都接受过非常专业的培训。

“大王花是原产自苏门答腊岛、婆罗洲、爪哇地区的野生植物，常

① 浜松市为日本静冈县内最大的城市。

寄生在葡萄科树木的根上。花的直径据说可达一米左右，名字取自英殖民地时期的行政长官莱佛士。”女服务员立即说明道。

这百科字典般的解说估计是酒店事先让全部员工都背下来的。

“这家酒店里不会也种了吧。”

“没种。很遗憾，酒店里没有真的大王花，只在泳池边和庭院里装饰了一些仿真大王花。使用大王花作为酒店的名称和标志，是因为我们希望酒店提供的服务能像大王花那样成为世界第一。”

虽然我知道这只是一个名字而已，没有必要在意，但内心却无法释然。虽说只要能营造出热带的氛围，名字叫腔棘鱼酒店什么的都没关系。但是大王花这种植物，花朵大得出奇，叶子肥大多肉，丑陋怪异，并且还散发出恶臭。作为一家让客人放松身心的休闲场所，取这样的名字，不觉得有点儿缺乏品位吗？我如果是老板，一定不会同意这个名字。我虽然心里这么想着，但嘴上什么也没说，默默地在入住登记卡上填写身份信息。对了！如果我成为这家酒店的老板，就把名字……我又开始想些不切实际的东西了。

“这里看上去还挺新的嘛。什么时候开业的？”片桐说着，视线时不时在回廊附近来回扫视。

“五年前开的。”

“哦，难怪还那么新呢。浜松先生跟我说这里是石垣岛上最高级的酒店，确实如此呢。”

那位胸牌上写着“南风野”的女服务员自始至终都微笑着与片

桐交谈。片桐将目光落在她的胸牌上，问道："请问你这名字该怎么念？"①

"念成'ha e no'。南风虽然也有'南面吹来的风'之意，但在冲绳，这两个字指的是'南面'这个方位。"

"真是'听君一席话，胜读十年书'啊。"我说这话发自内心，并没有嘲讽之意。

听到我这么说，她鞠了一躬，说道："您过奖了。"南风野有着一对清秀细眉，双眼皮，大眼睛看上去水灵灵的。她看上去二十多岁，言谈举止彬彬有礼，落落大方，制服着装也无可挑剔，看上去是一位相当有经验的酒店女职员。看来这家酒店的亮点并非只有设施和周边环境。

酒店房间的钥匙又大又重，看上去有职业摔跤选手的中指那么粗。片桐接过钥匙的同时确认了一下今晚的活动。这位南风野姑娘用左手示意了一下休息区的旁边，相当流畅地回答道："请往那边看。那是'海王星'餐厅。从餐厅侧面一直往前走，走到尽头就是一个宴会厅。活动将于今晚八点在那里开始。"

"在这之前，每位客人自行用餐，对吗？活动需要两个小时左右吗？"片桐一边用右手玩弄着钥匙，一边继续询问。

---

① 日语中也会使用汉字，但是每个汉字基本都会有两个以上的读音。并且有些特殊姓名，其汉字也会有特殊的读法。所以在日本询问对方名字怎么念非常普遍。南风野这个名字在这里的日语念法为：ha e no。

“不，‘案件’说明大概只需要一个小时左右。之后的时间便留给客人们扮演侦探去调查酒店的各个角落。说不定当您回到房间的时候，会发现有线索隐藏在房间里。”

“啊——打住。打听得太清楚，待会儿就不好玩了……浜松先生的房间号码能告诉我一下吗？”

他刚说完，就听到有人大声喊道：“片桐先生！”一个下巴上留着少许胡子的男人从休息区快步朝我们走来。那个男人体格健壮，身材高大魁梧。虽然看上去不像正派人物，不过一本正经地穿着一套笔挺的西装。

“啊，房间号不用告诉我了。”片桐向前台道谢后，朝那个男人挥了挥手，“你好呀。我们分别从羽田机场和关西机场出发，在石垣机场会合后一起过来的。我们刚到，才办完入住登记。”

“比我预计的提前到了呀。我刚才在那边和酒店方以及会场工作人员一起商量今晚的活动，所以没注意到你们来了，真不好意思。”

“这位是浜松先生。”片桐向我们介绍了那个男人。然后，又向他介绍了我们。

“火村教授、有栖川老师，感谢你们远道而来。”

我们交换了名片。名片上面写着“浜松广告代理公司·总经理 浜松路也”。公司地址是北青山，业务范围主要为策划各类营销推广活动。照片上的浜松面容精悍，俨然一副精明强干的青年企业家形象。而眼前的这个人却喜眉笑眼，一副身处假期，乐在其中的样子。他可是来工作的。大概是这酒店太舒适了，以至于让他把工作都忘了吧。

“火村教授在英都大学社会系教授犯罪社会学啊。哈哈！第一次和犯罪学专家这么近距离接触。说到专家，有栖川老师也是专家呢。”

我只是个推理小说作家，名片上并没有头衔，公司名称、业务范围也是空白。我时常想，在对方已经知道我联系方式的情况下，我递上那样一张纸片，又有什么意义呢？

“别站着聊。来，请坐。”浜松邀请我们在附近的沙发就座。

沙发温柔地将我的身体包裹起来。这里连沙发都很舒服呢。

“今天就拜托你们了。活动结束以后，只需要给我一点点反馈意见就行了，请不要有心理负担，这里绝对是最佳休闲度假酒店。”

“啊，浜松先生！”片桐插嘴道，“我事先说明一下。今晚的活动只有我和有栖川先生参加。你和我说，你还替我准备了一间房间，如果我还想邀请别人，尽管带来。我平常承蒙教授关照，现在又正好是大学放春假[①]的时候，所以我邀请了火村教授。不过我和有栖川先生两个人给反馈意见就行了吧？”

片桐卖命地解释着。他是强拉硬拽、拖着火村来的，生怕火村不高兴了。

浜松完全没有在意，说道：“好，完全可以。火村教授，这两天您好好休息。当然您要是有兴趣的话，也可以参加活动。您爱喝酒的话，

---

① 日本的春假是指一学年结束，下个学年开始前的假期。日本大学通常从4月份开始，到次年2月底或3月初为一个学年，所以3—4月的假期就被称为春假。

我强烈推荐一家叫‘星之砂’的酒吧。酒好，酒吧里的女孩子个个长得像美人鱼一样，可爱极了。”

片桐在旁边听着，眼睛都放光了。

今晚有任务，明天他一定会来邀我前去。哎！这么个好地方，我居然是和两个大男人来的！我忽然感到有些落寞。

“我那边还在谈业务，失陪了，待会儿见。祝愉快。”

浜松鞠了一躬，离开了。我询问火村是否参加今天的活动。

“人家给我承担了所有的费用，出于礼貌确实应该参加。”火村揉着双眼，“但是，今晚还是让我早点儿睡吧。那活动一个小时肯定结束不了。我缺觉呢。”

“那是当然。”片桐说道，“浜松先生也说了，您请随意。我邀请您，只希望您能在这儿养精蓄锐。您不需要勉强自己。”

片桐一副卑躬屈膝极力讨好的样子。啊！我多想立马变成大作家，也享受一下这样的待遇。

片桐在珀友社工作，是我的责任编辑。我来这儿，是应片桐之邀，前来参加浜松广告代理公司策划的活动，活动名为“热带悬疑之夜 大王花杀人事件”。这种推理破案寻找真凶的游戏在城市酒店并不罕见，但浜松广告代理公司还是首次尝试。因此，它们需要一位现役推理作家作为观察员全程参与，并在活动结束后给出意见。那公司和珀友社似乎有很深的交情。

“有栖川有栖老师绝对合适，从他那里肯定可以得到中肯的意见。”

片桐举荐我的理由是显而易见的。我如果答应，作为我的责任编辑，他可以作为助手一同出行。这样一来，他不仅能去石垣岛欢享假期，还能拿到出差补贴。片桐邀请我时，我手头的工作刚好告一段落，再加上一直以来，我对这类活动充满了好奇，也想去体验一下，于是欣然答应了。然而，我没想到的是，片桐热切地期盼火村也能一同前往。他和我说："我拜托主办方还订了一个房间，请一定邀上火村教授。"要是别人肯定求之不得，但是火村是否会答应就难说了。

"我觉得那家伙对这样的游戏不会感兴趣的，热带风情度假酒店也未必能打动他，那家伙不适合大海。"

"大海对火村教授来说不太适合呀。那么，适合他的是山吗？"

"准确来说，是悬崖或峡谷。"

我并不觉得火村会感兴趣，不过片桐说他自己去联系火村看看，结果居然成功邀请到了在放春假的火村教授。我对这意外的结果充满了疑惑，于是分别给两人打电话了解情况。

火村似乎在为论文的整体构思绞尽脑汁，所以想换个地方转换一下心情。"我想尽量去远一点的地方。目的地不是石垣岛也没关系，即便是浮冰开始融化的北海道网走市，我也不介意。"他这话应该是发自内心的。学术论文和小说虽然有差别，但是卡住了、一个字也憋不出来的时候，那种心情我是非常了解的。

火村为什么会答应，这点我算是弄明白了。不过还有一个疑问：片桐为何那么想邀请火村呢？就此，我向片桐打听。他尴尬地笑着，告诉了我缘由。

“珀友社一直想请火村教授写一本犯罪学相关的书，这个之前就和有栖川先生您说过吧。我还没有放弃这个念头，所以就想了个战术。带教授来冲绳的度假村，让他在这里消除平日的压力，彻底放松身心。当他心满意足的时候，我就趁机向他约稿。从我的经验来看，这一招挺管用哦。他要是能口头上答应，我就赚到了。就算得不到他明确的答复，能让他知道我们有这个想法，对我来说也是很大的收获了。”

原来如此，他打了这样的如意算盘呀。

火村是一名大学副教授，作为犯罪社会学专家而小有名气。请他来写本书，是片桐长期以来的一大愿望。犯罪学相关的书籍市面上并不少，但是片桐确信火村执笔一定可以出一本别具一格的书，所以他经常拜托我说：“有栖川先生大学时候就和火村教授认识，能不能请你帮我先试探他一下。”但是，我知道火村工作繁忙，而且就算他能挤出时间我也不觉得他会去写一本犯罪学相关的读物，所以每次都直截了当地告诉片桐“没用的”。于是，片桐就开始自己想办法接近火村了吧。

“毕竟火村教授可不是一般的犯罪社会学专家，他可是‘临床犯罪学专家’啊！”

这个别称是我给火村起的。奔赴犯罪现场，直击案件的真实全貌——这是他一直以来的研究手法。他把这称为实地调查。因为他常常比任何办案人员都更快发现真相，而且也不会将此透露给媒体，所以在京都、大阪、神户这一带，获得了警察的极大信任。这样的人肯定能写出一本受大众读者欢迎的书吧，片桐一定是这么盘算的。作为编辑这相当正确。

但是，火村写那样著作的可能性几乎为零。他深入犯罪研究，并不仅仅因为他是科研工作者，也不单单因为这是他的工作或是兴趣所在，在这背后似乎还隐藏着超越这些因素的某种原因——一定有的！

2

房间门打开了。房间里的窗帘并没有合上，透过窗户，远处的海平线映入眼帘。全房无敌海景酒店——这个宣传看来并没有夸大。

“您的行李放在这里可以吗？房间电话的使用方法是……”

服务生把旅行包放下后，非常熟练地向我介绍电视机的打开方式、附近安全出口的位置等事宜。服务生是位头发微卷的美少年，非常热情，如果是年轻的女客人，一定会激动不已。

“如果您没有别的疑问，我就先告辞了。有什么事，您可以拨打 9 号前台电话。那么，祝您在大王花酒店度过一个美好的假日。”

我接过刻着房间号的钥匙，它重得像是由纯金制成的。这也太夸张了。不过这厚重的钥匙也是酒店奢华的一种体现吧。服务生离开后，我兴冲冲地跑到窗户边。一张藤制的桌子上摆放着一篮水果，里面有香蕉、芒果等。哇！居然还有水果！像这样提供水果的奢华酒店，我入住的次数屈指可数。哦，不，其实有生以来，这还是第一次。

我跑到露天阳台上眺望美景，奔进带淋浴的浴室感叹它的宽敞，然后把薄外套脱下，挂在衣帽间里，而后在椅子上舒舒服服地坐了下来。

一切都太美好了，简直像国王一般的待遇。

“片桐，我的责任编辑是你，真是太棒了！”我在心里向隔壁509室的片桐表示诚挚的感谢。火村的房间在对面的507室。说不定他也坐在椅子上，正抽着烟呢。

我刚想伸手去拿香蕉，这时电话响了，是片桐打来的，问我接下来怎么安排。

“火村教授说他要睡午觉。有栖川先生，您呢？在晚上的活动开始之前，都是自由活动时间。”

大老远来了石垣岛，居然睡午觉，有那么累吗？火村真是个和度假无缘的男人。

“别管那个教授了，我们俩出去吧。我第一次来这里，想到处转转。我们先去附近的川平湾。然后顺道去一下龙宫城钟乳洞再回来。回到酒店应该差不多六点左右。”

“哦——你攻略做得真详细啊。下一部作品打算写‘钟乳洞死尸’吗？”

我并没有这个打算。不过我有一个癖好——所到之处，只要有钟乳洞，就一定会去看看。

“行。如果一切已经准备就绪，我们就立马出发吧。”

我们坐上了出租车前往川平湾。常说地方上物价比较便宜，其实又不是国外，大多数东西的价格和大城市相差无几，很多时候反而因为是景区而漫天要价。不过，这个岛上出租车的起步价为四百六十日元，比起大阪的六百六十日元要便宜许多，这让我非常开心。

川平湾经常出现在旅游观光的海报上，是著名的旅游景点之一。在那儿坐上玻璃底观光船游玩之后，我们来到了龙宫城钟乳洞。这里的钟乳石由珊瑚礁隆起形成，正因如此，在这儿能欣赏到其他地方无法看到的奇妙景观。这里前不久才被开发成旅游景点，因而鲜有人知。作为钟乳洞的“研究专家”，我要给它打个高分。在洞里，片桐端着相机，一边频频按下快门，一边说：“这张就用于你下一本书的作者近照。”背景很美，一卷胶卷很快就用完了。不过，也有可能里面没有一张能用的照片。片桐精明能干，拍照技术自然不在话下。可惜他的拍摄对象并不习惯面对镜头。

“每两次里面你至少有一次把眼睛给闭上了，你故意的吧？”片桐戏谑道。

“要你管。”

我们两个人你一言我一语地闲聊着。这时背后传来一个声音。

“需要的话，我给你们俩拍一张吧。”一个将相机挂在肩膀上的男人向我们伸出了右手。男人看起来四十来岁，两鬓夹杂着一些白发。站在旁边的女士穿着淡粉色的带领毛衣，看起来和他年纪相仿，应该是他的妻子。

“不用了。”片桐非常客气地拒绝了，“非常感谢。我们需要单人照。”

“啊——那是我多管闲事了。”男人把手收了回去，“莫非这位是作家？”

“嗯，是的。”我回答道，心里感觉自己好像已经成了大名鼎鼎的华生博士。他怎么知道我是作家？

“刚才走在你们后面，听你们俩说话的内容像是作家和出版人的对话。”

原来是这样，怪不得他能猜到我们的职业。刚才完全没有注意到他的存在，也不知道有没有被他听到什么难为情的窘事？我忽然担心了起来。

“你们在拍作者近照，所以必须是单人照啊。”那位女士很快明白了我们婉拒合照的原因。她问起我的名字，片桐替我做了介绍。两人听后都说，“啊，久仰大名”，但明显能感觉到那只是客套话。其实他们直说也没什么关系。小说家的名字，除了那些名家，剩下的基本都是无人知晓的。

“你们是从哪里来的？”

我也客套地向他们问长问短。交谈下来得知，这两人果然是夫妻，从东京过来，这次是第二次来石垣岛。

“冲绳真的很不错！海啊人啊，还有食物、音乐，都很不错！”片桐之前因采访来过几次冲绳，似乎已经对这里情有独钟了。

“没错，是个好地方。”那位夫人点点头，“不过，我们最喜欢的还是石垣岛……你们知道一家叫‘大王花’的酒店吗？”

“何止知道，我们也住在那里。”听到我们这么说，男士开心地喊了起来：“哎呀，你们也住那里呀。那酒店不错吧。我们来这里的目的就是住那家酒店。”

同为“大王花”的住客，或许他们因此对我们产生了亲近感，男士重新向我们自我介绍了一番。他叫寺坂崇夫，四十二岁，在东京杉并区经营一家旧货连锁店。夫人名叫寺坂满美子。

“五年前，‘大王花’刚开业没多久的时候，我就和妻子来过，住了以后感觉那里简直就是天堂，甚至觉得，这世上没有比那儿更舒服的地方了。”

“虽然服务上并没有什么特别之处，但就是住得特别舒服。每一分每一秒都让人感觉温馨。”

“我们想着一定要再来一次，但每天忙于生活和工作，一直没能实现。这次想着无论如何都要再体验一下那种悠闲惬意的时光，于是放下手头工作过来了。我们是昨天入住的。”

“我原想着，第二次入住大概不会像第一次的时候那么感动吧，没想到比我预期的还好呢。一脚踏进那里，瞬间感觉自己获得了重生。为什么会这样呢？”

“是呀，到底是为什么呢？”

夫妻两人说得特别起劲，我们只能在一旁点头附和。

“估计你们刚到，还没能感受到那家酒店的特别之处。住一下，慢慢会体会到的。你们肯定还会想要再来。”

夫人说得非常自信，好像她是那家酒店的主人似的。能受到客人如此称赞，对于酒店来说也是一项无比的荣誉吧。

“两位莫非也参加今晚的活动？”片桐问。

夫妇俩似乎没明白片桐的意思。于是我们向他们说明了“热带悬疑之夜”的活动。听后，崇夫终于反应了过来，说道：“原来是那个呀。我们在酒店里看到过活动的海报，好像可以猜凶手赢奖品吧……不，我们不参加。那游戏看上去也挺有意思的，不过我们只想在这里放松一下。”

中年夫妇的判断非常正确。大老远跑来石垣岛，竟然玩什么寻找真凶的游戏，正常人肯定都不大愿意吧。

我们从钟乳洞出来后，用手机叫了出租车。寺坂夫妇接下来要去参观一个叫唐人墓的景点。我们各自坐上出租车，就此告别。此时是下午六点，和我计划的一样。车子穿过石垣市区后一路向北，朝着让那对夫妻着迷的“大王花”开去。司机一言不发，我心想，如此沉默的景区出租车司机还挺少见的。没过多久，酒店出现在了我们视线里。七层楼高的酒店就像一座白色城堡在夕阳下闪耀着美丽的光芒。这时，司机突然开口说了一句：“那家酒店，很不错吧。”

“嗯。”片桐回答，“我们刚到，还没仔细转转，不过感觉非常气派呢。”

“好多客人住过一次后，还会经常来住。这种好像是叫回头客吧。

男女老少都异口同声夸赞那里，说得简直像天堂一样，能看得出那都是打心底里满意。两位客人也一定会想下次还来入住的。”

看来像寺坂夫妇这样的住客并不在少数。自己入住的酒店被人褒奖，当然是件好事。很可惜这是我第一次入住奢华酒店，即使享受了它所有的美好，也无法将它和其他的酒店进行比较。

出租车刚到车辆停靠点，迎宾员就满脸笑容地迎了上来。这热情的服务让我错以为自己是酒店的老板。

我先回到房间，给火村打了个电话。他几乎一个下午都在睡觉，这才是最奢侈的度假方式吧。

六点半我们在大堂会合，然后一同前往名叫“八重山”的日料餐厅享用冲绳料理。餐厅入口的大理石台上，装饰着狗崽大小的冲绳狮子。料理端了上来。片桐热情地介绍道：“这是有名的冲绳苦瓜。那是红烧猪肉，怎么样？甜得恰到好处吧。这鱼叫‘咕噜空’[1]，是冲绳本地鱼。”火村卷起袖管，一声不吭地将眼前的盘子一扫而空，大概是睡饱了，肚子饿了。

“你这简直就像参加完社团活动，刚回到家的高中生。”我嘲笑道，“你不会打算吃饱了又回去睡觉吧。”

“吃饱了，我就开始干活了。我把办公用品都带来了。”

办公用品应该是指他的笔记本电脑和调查笔记。

---

① 冲绳方言，指双带鳞鳍梅鲷，是日本冲绳县的代表鱼。

“你该不会打算在泳池边，点上一杯热带水果饮料，然后在那敲击键盘吧？太碍眼了。我奉劝你千万不要做出那么愚蠢的行为。”

“碍眼不碍眼，我不知道。不过，我可不会在度假酒店干这么俗的事。”

“泳池边敲敲键盘，不是挺好的嘛。客人想做什么是客人的自由。我并不觉得有什么不妥。”片桐似乎是铁了心要讨好火村，我算是见识到他的手腕了。不过，他再怎么卖力，也不见得能成功约到稿子。

“在这办公也行。不过，挑战一下‘大王花杀人事件’也是一种不错的选择啊，火村教授。”我说道。

火村用纸巾擦了擦嘴，抽起烟来。

“我不是说了吗，我不参加。寻找真凶的活儿交给你——有栖川老师。这可是你的老本行，你得拿出点儿干劲来。”

“真是多管闲事。你别给我施压。”

“这聊着聊着，马上就要到时间了。”

被片桐这么一说，我看了看手表，离活动开始还有十五分钟。等火村把烟抽完，我们离开了餐厅。他笑着和我们说了一句“祝好运”，然后便走向电梯。和火村别过，我们匆匆前往走廊尽头的大厅。

一块写着“热带悬疑之夜”的活动宣传牌立在大厅的入口。和工作人员站在一块的浜松路也看到了我们，紧绷的脸一下子露出了笑容。我们来得太晚，让他担心了。片桐挠挠头，说道：“哎呀，不好意思，来晚了。在这里实在太享受了……”

“没事儿，还有五分钟才开始，有几组客人也还没到。我给你们在后排中间留了位置，请在那里观看。这是‘案件’的调查资料。”

浜松递给我们一个 A4 大小的棕色信封。

片桐瞥了一眼信封里的资料，问道：“客人有多少？”

“一百二十四人。这次暂且这个规模。以后在繁华地段的酒店举办的话，我想把规模扩大到四百人左右。现在是春假期间，大学生来得比较多，多半是情侣啊、闺密啊。我们将向成功‘破案’的客人颁发名侦探认定书。另外，还附赠北海道豪华游，入住和这里同等星级的酒店。不好意思，这个片桐先生和有栖川老师不能参与。”

“那是当然。”片桐咧嘴笑了，“有栖川老师一眼就能识破谁是真凶。”

又给我施压！

一对年轻的情侣和一对中年夫妇走了过来。他们从工作人员手中接过棕色信封，和我们擦肩而过。浜松两手一拍，说道：“好！这下人都到齐了。活动马上开始，请到里面来。祝你们玩得开心！”

进去一看，大厅比我想象中要大些，大概可以容纳三百人。座位和幕布都是清一色的海蓝色。

在工作人员的引导下，所有来参加的客人都靠前坐了下来。浜松把我们带到最后排的位置入座，他自己则坐在了离我们有一小段距离的位置上。会场里响起了窸窸窣窣的声音，客人们纷纷打开信封，查看里面的东西。我也查看了一下。信封里装着五六样小物件，有“搜查档案”的小册子、演员的照片等，看上去还挺有意思。活动名称叫“大王花杀人事件”，故事却发生在高原上的某幢别墅里。

“果然很多都是年轻人啊。”片桐一边环视在座的客人，一边说，“每个人都乐在其中呢。‘寻找真凶’这游戏真不错，光是想想就让人激动不已。”

“住这么好的酒店，又刚享用了美味的晚餐，怎么可能会有人不开心呢？”

“确实没错……对了，来参加的都是对悬疑、推理感兴趣的人吧？有栖川先生，你觉得里面有多少人是你的书迷？”

“这里总共一百二十多人吧，其中能有一位我就很满意了。”

“太保守了吧。”他惊讶地说，“你完全可以胸脯一拍，‘这里一半左右是我的书迷’。”

“算了吧，这有什么好吹的。有时我甚至怀疑，我写的小说到底有没有人看。”

“你这话说得好像刚出道的新人作家似的，有点心口不一哦……咦，你嘴上说得那么可怜，但脸上的表情出卖了你哦。”

我压根没有心口不一，也不是在装可怜。

“对我来说，书迷有多少人并不重要，能以自己喜欢的方式进行创作，我就心满意足了。我可是打心底里这么想的。晚餐的时候，我就一直在想这个问题了。”

片桐把脸凑了过来，目不转睛地看着我的眼睛，然后好像发现了什么似的："啊，我明白了。有栖川先生正受到'大王花'的毒素侵蚀。你哪是装可怜，分明幸福到脸都要变形了。不妙咯，你是不是正莫名地感到无比幸福？"

可能确实如此。毕竟，最近好久没有像这样放松过了。

"我可不是为了让你丧失斗志才邀请你来这里的，千万当心哦。我可不想你突然跟我说，不想当小说家了，要在岛上做一名海人[①]——渔夫。"

渔夫？这个我完全没想过。我刚才脑海里浮现的是，在这当服务员好像也不赖。

开场时间到了，会场里的灯光暗了下来。一位头戴猎鹿帽，身披斗篷大衣的主持人从舞台右侧出现，顿时响起一片掌声。主持人是在扮演夏洛克·福尔摩斯吧，不过那身衣服让人看着都觉得热，他应该穿夏威夷花衬衫登场才对。

"请允许我用石垣岛的方言向大家问候。噢利托利[②]。欢迎各位来到'热带悬疑之夜'，希望今晚能与各位解谜爱好者们，一同度过一个愉快而又充满悬疑的夜晚。"

老套的开场白之后，就是对这次游戏活动的规则说明：接下来将会上演一幕舞台剧，大概一个小时，剧中掺入了许多关于真凶的线索，一定要仔细观看。但是，仅凭这些线索是无法找到真相的。有一些剧

① 冲绳地区的方言里对渔夫的称呼。
② 石垣岛方言。表示欢迎的意思。

中没有谈及的秘密隐藏在了酒店内的某处，因此大家必须把它们找出来。具体在什么地方藏了什么线索就无可奉告了。能找到多少线索，取决于每个人的判断能力。希望大家凭借自己的直觉，充分发挥自己的智慧，来破解这个谜案。

“光看话剧破不了案呀。说起来，前台的那个谁也说过，需要调查酒店的各个角落。”

“是南风野。”

“女人的名字你记得可真清楚啊……看来这个活动主要是让客人享受收集证据的过程。如果期待着纯粹依靠推理来寻找真凶，实际体验起来，估计要失望了。说不定都没有栖川先生施展拳脚的地方。”

太失算了！参加过此类活动的悬疑推理爱好者当中还有人说，不能太低估了酒店主办的活动，到头来解不开谜团、破不了案可就丢脸了，害我还小小地期待了一下。

规则说明仍在继续。当你认为自己掌握了所有的线索，识破了真凶以及他的杀人手法时，请回答信封中答题纸上的问题，然后立马把它交给前台附近的工作人员。主办方将给最佳答案提供者颁发名侦探奖。在有相似答案的情况下，并不通过抽签决出胜者，而是按照提交的时间顺序，最先提交者胜出。截止时间为第二天早上的五点。正确答案及获奖者的公布将于第二天早上九点在此大厅进行。

“哇，截止时间居然是早上五点，这真不错。要是愿意的话，可以玩一个晚上的侦探游戏。不过，我们俩拿不到奖品，没必要那么卖命。”

“嘴上这么说，但实际玩起来，你会一个晚上都在酒店里来回奔走，到处‘取证’吧。”

主持人深深地鞠了一躬，在掌声中退到了舞台的左边。幕布缓缓升了起来。

“我可没那么天真烂漫。对了，有栖川先生，把这个作为小说题材怎么样？比如，在活动过程中真的发生了杀人事件，舞台上的演员真的被杀害了之类的……”

“太老套了吧。”

编辑还不死心，“或者是‘沉浸于游戏中的活动参与者被杀害了’，这个也不错吧。不过，仅仅为了抄袭别人的游戏答案，是不可能杀人的，还得再设计一个让杀人动机符合情理的具体情节。嗯，这个挺有趣的！你觉得呢？”

这……倒是有点意思。

3

“细川先生！快回答我！细川先生！”

田中正彦敲着门，大声呼喊，可是躺在床上的身影却没有任何反应。这么大的动静，即便对方正在酣睡，也应该早被吵醒了。

“感觉不对劲儿呀。佐藤君，你绕到院子里去，从窗户那看看里面什么情况？”

佐藤武司回答了一句“我知道了”，正要跑出去的时候，与从走廊深处走来的桥本撞了个满怀。桥本为了保持身材，会定期去拳击馆健身。身材瘦小的佐藤与她一撞，被夸张地弹倒在地。

“哎呀！对不起。怎么那么吵？发生了什么事吗？”

“细川还没起来，敲门呼叫他也没有反应。我们担心他是不是生病晕倒了。我让佐藤去窗户那边看看。”田中简洁明快地回答道。

“这样啊，那我也和你一起去吧。来，起来。”

佐藤被桥本拉了起来，然后被拖拽着，消失在了舞台的右侧。

“细川先生身体一向不错啊。”留在门前的竹下圣子说道。

田中的面部肌肉紧张地抽搐了一下：“‘生病’只是我随口一说而已。我担心的是，细川是不是半夜里遇害了？”

“遇害了？”竹下害怕得紧紧抱住自己，“你是说我们当中有人对他下了毒手？”

“嗯。从昨天那家伙的态度来看，虽然他嘴上说‘今晚放过我吧，我明天一定给你们一个满意的答复’，但十有八九已经把我们的集资款挥霍一空了。说不定我们当中有人怒火难消，半夜找他理论，结果发生了争执，把他勒死了。”

“这可不是闹着玩的，你别想那么不吉利的事，本来大家就已经够心烦意乱的了。”

我注视着放在舞台中央偏左的床。床单隆起，那个叫细川的男人的确一动不动地躺在那里。他真的死了吗？

不一会儿，桥本和佐藤出现在了舞台的左边。他们俩挤在一块儿，透过窗户看向房间，脸都快要贴在一起了。

“他在床上睡觉呢。”

“但是，脸没朝着我们，不知道是睡着了还是怎么了。”佐藤用指甲敲击着窗户玻璃，“细川先生！”

“不会是死了吧。”

“怎么可能！”

窗户和门一样也上了锁。两人商量一番，决定打碎玻璃。佐藤拿起靠在墙边的扫帚，用扫帚柄那一端戳碎了玻璃。房门前的田中和竹下被这巨大的声响吓了一跳，面面相觑。佐藤从破损的窗户伸进右手，扭开了月牙锁。观众们目不转睛地盯着舞台，生怕看漏了任何一个细节。

佐藤从窗户翻进了房间，桥本在他身后提醒：“小心玻璃碎片！”佐藤小心翼翼地靠近床边，一边呼唤着细川的名字，一边推了推他的肩膀，然后，正如我们预想的那样——佐藤大声尖叫了起来。

“不……不……不好啦！”

佐藤以划破空气般的速度奔向房门，把锁打开。田中和竹下冲进了房间。佐藤——这个演员动作非常夸张——颤颤巍巍地指着床说：“细川先生……死了。”

“什么？”

田中猛地掀开床单，呈现在他们以及观众眼前的是细川刚介惨死的尸体。胸口垂直插着一把匕首，睡衣已经被染成一片红色。

竹下扑进田中怀里哽咽着：“被你说中了。细川先生，被杀害了。”

“这究竟是怎么回事啊……”窗外的桥本也愣住了。

“大家冷静……圣子！我刚才确实说了一句细川有可能被杀害了，但认定他杀，还为时尚早。说不定他擅自挪用了我们的钱，又找不到合适的借口开脱，只好选择了自杀。”

“有道理。”桥本说道，“的确很有可能。他说明天给我们解释，这或许是他为了争取自杀时间的借口。如果是这样，他说不定留下了遗书。”

佐藤在桌子上搜寻。翻开几张散乱的文件后，他惊奇地发出一声“咦”。桌子边有什么东西——我刚才就注意到了这点。佐藤一下子转过身，把拿在手上的东西给大家看。

“这是房间的钥匙。昨天我看到细川先生拿着这个。”

“给我看一下。”

田中一把拿了过来。那是一把造型复古的大钥匙，不过和“大王花”的比起来还是小了几分。别墅内上了锁的只有细川的房间。田中用双手把钥匙举过头顶。

“确实是这房间的钥匙。放在了桌子上，也就是说……”

“果然是自杀吧。”不知什么时候，桥本已经站在了舞台右侧。她从门口走进房间，打量着田中手上的钥匙：“佐藤君在桌子上找到了这把钥匙。房门不是锁住的吗？还是从里面反锁的。这要是谋杀的话，那就是密室杀人了。”

“是呀，并没有备用钥匙呢。”竹下轻声说。

这句台词应该是在告诉观众，就是这么一个设定，不要去怀疑备用钥匙的存在。

并且田中再次强调：“嗯，这个房间的钥匙就只有这一把。钥匙在房间里面，门又是锁住的，那应该就是自杀吧。”

“好吵啊，一大早聚在一起开什么派对呢？还有人砸了玻璃吧。拜托，让我安静地睡一会儿行不行？”

伴随着还没睡醒似的声音，一个刚起床头发乱蓬蓬的男人从舞台右侧走了出来。这个男人叫村山省一，他反复揉搓着胸腹，看上去像是昨晚喝多了，现在胃里还难受着。

“你总算起床了。我说了你别惊慌，细川好像自杀了。”

“你们在开玩笑吧。”村山面有愠色。

田中默默地指了指床。

“啊！这是……”村山吓了一跳。他走近遗体，碰了碰死者的右手手背。

“尸体已经凉了，应该死了好几个小时。我们得赶紧报警。可是，昨天发生了泥石流，一时半会儿警察也过不来。这下麻烦了。”

没错，昨天发生了泥石流，这片别墅区成了孤岛。即使有个杀人狂魔在这儿挥舞着斧头和电锯，救援力量也没法立马赶来。周边还有几幢别墅，但因为是旅游淡季，只有隔壁一家有人居住。

桥本提议道：“我们去找邻居吧。那房子的主人不是警察厅的警部[①]吗？”。

“对，说不定他能帮到我们。我给他打个电话。”别墅的主人——田中同意了。

接到电话，邻居飞奔而来。和其他演员一样，警部的扮演者二十来岁，身高足足有一米八以上，举止干净利落。这个角色是舞台上唯一一个年纪较大的角色。他目光犀利地扫了一眼在场的人，然后用清

① 警部为日本警察的警衔之一，相当于中国的警督。

亮的嗓音自我介绍道："嗨！我是小渊。"

这举止神态与同姓小渊的首相[①]反差极大，我不禁笑出了声。现场的观众也哄堂大笑起来。看来这是设定了一个相当有个性的侦探角色。在剧情上已出现了死者，但由于小渊警部的登场，舞台气氛变得幽默起来。我并没有因此放松警惕，重要的线索也许就隐藏在噱头里。

"那么……请允许我查看一下。"

"请允许"似乎是这名警部的口头禅。

"这……从伤口的情况来看，是他杀呢。请允许我这么判断。"警部听取了每个人的证词，仔细检查了遗体，然后慢条斯理地下了结论。

"这怎么可能！"竹下反驳道，"这房间是上了锁的。"

"凶手从外面锁上的吧。"

"不可能。仅有的一把钥匙放在了桌子上，只能是从里面锁上的。"

"就是这把钥匙。"田中说着，把钥匙递给了小渊警部。

警部摊开手帕，接过钥匙："真是一把漂亮的钥匙。凶手进房间后，趁乱把钥匙放在桌子上——这种可能性呢？"

"那不可能。"桥本断言道，"我们从窗外看的时候，钥匙就已经在桌子上了。"

观众席中，有人点头表示赞同。他们应该也观察到了这点。

"如果是他杀的话，也就是说凶手在我们之间，我们全都变成犯罪

---

① 这里指小渊惠三，于 1998 年 7 月至 2000 年 4 月担任日本首相。

嫌疑人喽。”村山随口说道。

接着，围绕各自的不在场证明以及被死者骗去的金额，大家七嘴八舌，谈论得热火朝天。没有一个人有确切的不在场证明。似乎每个人都有犯罪动机，但大家的犯罪动机都并不充分，不足以导致杀人。小渊警部将双手交叉抱在胸前，若有所思。

“真的是他杀吗？这个房间是密闭的。我认为，自杀反而更加合乎情理。”竹下说着，朝警部瞥了一眼。

“不！是他杀。”警部态度坚决地否定。

“那就是说，凶手使了花招，把凶案现场变成了密室。那凶手用的是什么方法呢？”田中一面说，一面趴在地板上检查门下方的缝隙。警部试图将自己的名片塞进去，但是失败了。

“即使是一根细线也穿不过来呢，锁孔和门铰链也没有任何异常。这么看来，只可能是窗户了。”

大家跟随警部，依次走向窗户。窗户的月牙锁十分坚固，窗框和窗玻璃没有任何被动过手脚的痕迹。墙壁和天花板上也没有可以通往外部的窟窿。那是有人闯进来行凶，现在还躲在房间的某处吗？大家检查了衣柜和床底，却一无所获。这种可能性也被否定了。虽然案件故事有些老套，但情节推进得很快，非常紧凑，总体还算有趣。

小渊警部沉思片刻后，果断地说：“各位，能请你们把口袋里的东西都掏出来一下吗？”

没有理由不同意。于是，大家的牛仔裤后口袋、睡衣胸前口袋等都被掏了个空。全是些钱包、手帕、香烟、打火机、润喉糖之类的小物件，没有人带了可疑的东西。为了以防万一，每个人还互相搜了身，但也没发现可疑物品。

“警部，凶手到底是谁呀？”竹下大声诘问。

小渊警部镇定自若，信心十足地回答道：“不必慌张，道路疏通后警察赶来也要明天早上了，在这之前我一定会找出凶手的。”

“真的吗？”

伴随着村山略显怀疑的声音，舞台的灯光暗了下来。下一秒，主持人上台告诉大家，问题部分到此全部结束。观众席一片哗然，大家似乎对案件真相一头雾水。

“想必在座的各位已经获得了很多线索，但这只是其中的一部分。接下来，就请大家作为一名侦探行动起来，去寻找隐藏的线索吧。说不定在意想不到的地方，会有出乎意料的发现哦。我建议各位先回房间看看。那么，各位！加油吧！”

观众席的灯光亮起。有人迅速从座位上起身，急匆匆地奔了出去。“田中老想指挥别人，挺可疑的。”“那个叫小渊的警部可信吗？”类似这样的交谈声此起彼伏。看来每个人都乐在其中。

“有栖川先生，你怎么看？”片桐用无比期待的眼神看着我，“我完全不知道呀。”

“还没有给出破解真相的全部线索，不知道是正常的。如果有谁现在就非常有把握地说自己知道了，那他肯定是弄错了。”

“也就是说，有栖川先生也不知道喽？就算你想说不知道才是正确的，但是凶手打造密室杀人的手法，这点你心里总该有数了吧。你可是专家呀。”

虽然我知道，这不可能是一个史无前例、令人惊叹的手法，肯定是以往的悬疑推理中使用过的某种手法的变种，并且一定是非常初级的，但……

“在门锁上做手脚让它锁住是比较困难的，窗户上的月牙锁没有可疑的痕迹，凶手也没有藏在房间的某处。这么一来，估计是凶手走到房间外面，把门锁上以后，再以某种方法把钥匙放回了房间吧。”

“不可能是使用针和线放回屋内的，门与墙壁严丝合缝，连细线都无法穿过。房间里也没有类似通风口的地方。凶手要怎样才能把钥匙放回房间呢？”

“这个嘛，那应该是凶手趁着发现尸体时的混乱把钥匙放了回去吧。”

“很老套的手法呢。但是，钥匙在尸体被发现之前就已经在桌子上了呀。剧中的桥本照美这么说过，而且我也看到了，桌子上确实放着一把钥匙。”

“这可是有很多办法可以实现的。我可不想剧透了让你觉得这游戏没意思，你还是自己想吧。”

这句话并没有让片桐对我肃然起敬。他“噗”地笑了出来：“‘有很多办法可以实现’，真是一句让人安心的话呀。既然这样，我一定要自己把它解开……好吧，我们回房间吧，好像有线索设置在了房间里。哎呀，突然有点激动了，接下来我们分头行动吧。凌晨一点左右我们开一个‘联合侦破会’怎么样？”

我同意了。这时，浜松忽然出现在我们旁边，问我对这活动感想如何。

“整个剧情充满推理元素，很有趣。要了解案件的全貌，还必须揭开被隐藏的真正杀人动机吧？而厘清头绪的线索就被你们藏在了酒店的某处。”

“是的。大致就是这样的。密室的玄机什么的，对于有栖川老师来说，肯定是一目了然。不过，我们在活动中添加了寻宝的要素，作为游戏来说，应该是相当有趣的。”

一目了然？听到这个词，我努力挤出了一丝笑容。并非如此，其实我还没弄明白呢。

浜松向我询问推理剧的舞台效果如何。我正谈着自己的感想，忽然片桐打岔道：“不好意思，插个话，我想早点回房间，开始‘调查取证’，可以先告辞吗？”

看到观察员如此沉浸在游戏之中，浜松非常高兴。他笑着说：“请便，请便。”

“片桐已经‘入戏’了呢。”

“这太好了。稍微向老师透露一点，回到房间后，大家会接到小渊警部打来的电话。电话中他会恳请大家助他一臂之力。”

“小渊电话[①]吗？”

“没错，不过只是播放事先录制好的磁带而已。电话的最后，小渊警部会神秘地说一句‘真相只有上帝知道’。这句话其实是暗示大家去关注某样东西。”

浜松在试探我，那样子似乎在说，你知道是什么东西吗？

“如果线索藏在房间的某个地方，那一定是藏在每个房间都有的东西里面。说到‘上帝’……《圣经》吗？”

我脱口而出，没想到居然还给我说中了。

“太厉害了！《圣经》里夹着这样一份东西。”

浜松从透明文件夹中取出一个信封。信封上面写着“非浊之眼 看破天机”，里面是一张纵横填字字谜。将双重边框方格里的文字串起来，说不定会有所发现？我粗略地看了一眼，便知道了答案。

“这里是‘凯撒’，把浊音去掉的话，就变成了‘冲绳狮子’。[②]这字谜也太简单了吧。”

浜松一脸愕然，惊叹不已。

“这个字谜不简单呢，没想到二十秒就被你解开了。”

“只考虑双重边框方格内的文字，二十秒就足以破解谜题了。横行

---

① 小渊惠三担任首相期间的时政热词。小渊在位期间，曾积极主动地通过电话与国民交流。人称“小渊电话”。

② 日语当中有清音与浊音之分。在某些清音的右上角加上两点，就变成了浊音。此处原文为“シーザー”（凯撒），其中，“ザ”为浊音，将表示浊音的两点去掉，即变为“シーサー”（冲绳狮子）。

的⑦和竖列的③⑩，这几个关键格子的提示太简单了。碰巧这几个格子的答案，我都知道。”

“哎呀，真是太厉害了。对老师来说，这游戏的难度也许太低了。不过，活动参与者当中，有些人只是喜欢神秘、悬疑的气氛，其实连福尔摩斯都没读过呢。谜题难度如何设置，确实比较难办。话又说回来，老师你也太厉害了吧。”

被浜松这么一夸，我心情变得复杂起来。我还不知道凶手是谁呢，密室的玄机也没弄明白。

“冲绳狮子，就是餐厅入口处的那个装饰吧。也就是说，那是重大线索……”

“哎呀，”浜松羞愧地笑了，挠着头，“都被你看穿了，我认输。佩服，佩服！真想现在就请你去酒吧喝上一杯，可我现在还在工作，下次有机会我们再约。没老师那样推理能力的人或许会一直烦恼到天亮吧。你就一面‘笑看众生痴愚’，一面尽情享受‘大王花’之夜吧。”

作为观察员，你的工作已经结束了——这是浜松的言下之意。

虽然我心里还有些在意的地方，不过既然他这么说了，那我的工作就到此结束吧。

“我还有事要和工作人员协调，我先走了。”浜松说完便离开了。

大厅里只剩下我一个人了。

4

火村在做什么呢？在这天堂般的乐园里，勤恳地敲击着电脑键盘吗？

太愚蠢了。

我用酒店前台处的内线电话拨打了火村房间的号码，本想跟他说，别再做那么愚蠢的事，下来放松一下吧。不过电话并没有被接通，也许他在洗澡吧。唉，算了！我独自一人朝“星之砂”酒吧方向走去。

正如之前所听说的那样，这家酒吧里随处可见妩媚迷人的女孩子。只不过，每个女孩子身边都有一名护花使者。春风唯独没吹向我，我苦笑着，在吧台边的椅子上坐了下来。不远处一对情侣点的鸡尾酒看上去挺好喝的，于是我向调酒师询问，他告诉我那叫冰冻蓝色玛格丽特。蓝色应该是用了蓝色香槟，然后将其和细碎冰一起倒入玛格丽特酒中调制而成的吧。原来是龙舌兰鸡尾酒呀。鲜艳的蓝色确实充满热带风情，于是我向调酒师点了一杯。

推理剧中的凶手我还不知道，杀人手法也只猜到了大概。但是这些已经都不重要了。难得来到这人间天堂，还去参加为了赢大奖的寻找真凶游戏，这真的有意思吗？“大王花”并不需要这样的余兴节目。在这里只需放松身心，尽情享受这无比悠闲的时光就好了。除此之外，还有什么好奢望的呢？

“给我来一杯草莓戴吉利。度数请调低一点，我不想醉得太快。”我把那杯蓝色鸡尾酒一饮而尽后，又向调酒师点了一杯红色的鸡尾酒。这位年长的调酒师有着昔日银幕明星般的容貌，他听完我的要求，满脸慈祥地笑着点了点头。

这是一家非常有格调的酒吧。装修风格沉稳大气，让人感觉好像来到了属于自己的秘密基地。调酒师身后的酒柜里摆满了各式各样的酒，不仅有大众品牌，也有高档波本威士忌一类。感觉我随便说一个不存在的鸡尾酒名称，例如，给我来一杯“密室谋杀”，调酒师也会满口答应，然后立刻给我调出来。

真爽啊！

简直想一直待在这里！干脆向这位调酒师拜师当学徒吧。在这里工作的人不会曾经都是这儿的客人吧？哎呀，这样的话就有点儿恐怖了。

“先生，您要的草莓戴吉利，请慢用。”

调酒师把酒杯递给我。我注意到，他伸过来的右手中指上戴着一枚异国情调的戒指，问道：“调酒师先生，你是本地人吗？”

我以为他会说不是。因为我觉得比起在度假酒店，这位调酒师更适合出现在银座的专业酒吧里。

“是的。”

“一直在石垣岛吗？”

“是的，祖祖辈辈都生活在这岛上。我是明和大海啸中幸存者的后代。”

关于那个海啸，我一无所知。

“明和八年，按公历来说，就是1771年，在这个地区发生过一起由大地震引发的海啸。据说当时海啸高度达到了85米。整个八重山、宫古群岛地区的死亡和失踪人数超过了9300人。仅石垣岛来说，就有将近有一半人身亡。”

这几个数字让我不寒而栗。

“石垣岛居然经历过那么巨大的灾难呀……”

“在岛上生活意味着与危险相伴。”

调酒师留下一句意味深长的话，就去应对其他客人的点单了。听完关于这个天堂的“黑历史”，刚才还觉得鲜红可爱的鸡尾酒，现在看来就像血液的颜色。我一边喝一边细细品味。

为了不影响客人之间的交谈，酒店特地压低了音量播放背景音乐。都是些流行的抒情歌曲，在平常肯定听着犯困，但现在却让我心情舒畅。偶尔沉浸在抒情曲中发发呆也挺不错。正当我这么想的时候……

突然响起了一个熟悉的分解和弦。酒吧里播放起了《加州旅馆》。很久没有好好听这首曲子了，片桐要是在这儿，说不定会小声地哼唱起来。这个一本正经的男人估计正在房间里和字谜大眼瞪小眼吧。

话说回来，这真是一首不可思议的曲子。不仅优美，而且神秘，甚至有点儿诡异。这首歌流行的时候，经常听到别人说起一个类似怪谈的故事，据说唱片封套内侧照片上印着一个奇怪的东西。

那张照片拍摄于酒店的休息区，以老鹰乐队为中心，站着很多人。据说仔细观察就能发现，二楼的回廊处站着一个可怕的男人，他的手向下垂，有好几米长。当年听到这个，我慌忙拿出黑胶唱片，确实看到了男人的脸，至于传闻中他那异常修长、垂放着的手臂，其实是根藤状的绿色植物。

关于封套照片上的诡异男子只不过是一个无聊的谣言。令我毛骨悚然的是这首歌的歌词。或许正是有人在歌词里听出了异样，心生恐惧，才在封套的照片上看出了诡异的东西吧。

《加州旅馆》听上去是一首欢快的曲子，赞美着某个舒适的旅馆。说到加州，人们容易联想到“西海岸”“阳光明媚”“流行”“无忧无虑”。“欢迎来到加州旅馆，这是个好地方”——这一段悦耳的旋律在歌曲中反复出现。但是《加州旅馆》里似乎藏着什么可怕的陷阱。歌声从 BOSE 音响里缓缓流出，我竖起耳朵，试图听出里面隐藏的秘密。

“我”在沙漠公路一路疾驰，来到加州旅馆想歇歇脚。女人手持蜡烛给“我”引路。“我”心中暗想，这里到底是天堂还是地狱？大家欢迎“我”的到来——欢迎来到加州旅馆，这可是个好地方。这里有许多的房间，无论何时你都可以在此入住。在庭院里有人翩翩起舞，有的为了追忆，有的为了忘却。但是当“我”想要点一杯红酒，领班却说了些奇怪的话，“自从一九六九年，这里不再有灵魂”。为什么是酒呢？为什么没有灵魂呢？又为什么是一九六九年呢？众所周知，那年阿波罗11号登月成功。同时在那一年，美军从越南撤离，女星莎朗·塔特惨遭邪教徒曼森杀害。“我”在午夜惊醒，听到众人歌唱：欢迎来到“加州旅馆”，这是个多么美丽的地方。女人说道：“我们都是心甘情愿被囚于此。”大厅里，人们聚集狂欢，挥舞着钢刀刺向野兽，却没能把它杀死。这部分又是怎么回事呢？歌曲的尾声，“我”为了回到来时的路，拼命寻找出口。这时，看门人出现了，还说了些奇怪的话。

我忽然想起了下午去参观的钟乳洞——龙宫城。

难道说，“加州旅馆”是疲惫的现代人偶然闯入的龙宫？如果是火村，肯定又只是轻描淡写地说一句：“那里面唱的只是摇滚乐人的生活。”

照明间接倾斜打在调酒师的半边脸上，那半边脸泛出神秘的金黄色光芒，令我不寒而栗。我点了一杯龙舌兰日出，这回是一杯橙色的鸡尾酒。

“这杯也要低度数的。”我要求道。

调酒师微笑着点了点头。

Welcome to the Hotel California

Such a lovely place

随着音乐，我默默地唱着。只不过将歌词中的“California”换成了“Rafflesia”。

5

从酒吧出来，我看了看手表，才十一点。

虽然有些在意“寻找真凶活动”的进展，但我更想独自一人享受一下“大王花”的夜晚。我在自动售货机买了香烟。其实我已经一年没抽过烟了。我从休息区角落开着的门，走到了外面，一条通往泳池的小路出现在我的眼前。刺桐花开了，酒瓶椰的树叶在小路上投下了阴影。沿着小路，我来到了空无一人的泳池。穿过小小的拱形门，我看到被夜光灯照亮的蓝色水面微微晃动着，拍打着泳池的边缘。这简直就像满满一水池的蓝色香槟。泳池旁，在白色躺椅的阴影处，盛开着一朵朵仿真大王花。

我在躺椅上坐下，抽上一支烟。温润轻柔的晚风拂过，香烟随风飘散。我的脑海中依然回荡着《加州旅馆》的旋律。

抽完一支烟，我有点儿想看海，于是走到了与酒店相反方向的路上。这条路的尽头应该是酒店的私属沙滩吧。然而没走几步，我停了下来。

“那是……”

有人从海滩方向朝我这边走来。两个男人分别从左右两侧扶着一个浑身瘫软无力的女人。让我吃惊的是，这三个人我都认识。

“火村？”

我朝右侧的男人打招呼，对方也吃了一惊。他们三人一起停下了脚步。

“呀，有栖啊。你在这里做什么？你的任务完成了？”

“我还想问你，怎么没在房间里写论文？发生什么事了？”

左边的男人向我点头打了一下招呼，是在钟乳洞遇到的寺坂崇夫。被他们扶着肩膀、勉强保持站立的女士则是他的妻子满美子。她闭着眼睛，时不时发出有气无力的呻吟声。是遇到了什么意外？还是疾病突然发作？不过她看上去并没有什么痛苦的样子。难道是喝醉了？

“你是有栖川先生吧。没想到在这么尴尬的状况下与你再次见面。”

“你们在哪里见过吗？”

我向一脸纳闷儿的火村说明了缘由。

“原来是这样呀。我想要呼吸一下外面的空气，于是来沙滩上散步，碰巧遇到了寺坂先生。”

“真的好巧啊。您妻子怎么了？”

寺坂崇夫表情尴尬地说：“估计玩累了，又刚好喝多了，突然就成这副样子了。刚好火村先生路过这里，所以我就请他帮忙，一起带我老婆回房间。真不好意思。”

“我也来帮忙吧。”

我虽然这么说了一句，但总不能把人家两只脚也抬起来搬着走吧。于是我只好摆出一副夫人没走稳的时候随时去扶的架势，和他们一起回了酒店。她身上完全没有酒精的味道，只是时不时像睡迷糊了似的，说些胡话。

“老公……电话……电话是谁打来的？”

寺坂崇夫安抚她说：“等一下慢慢跟你说。不是什么坏消息，你不用担心。”

“……谁打来的？……我……听到了哦。”

怎么看都像是睡迷糊了。但是，奇怪的是，一个正在海边散步的人，会突然感到如此强烈的睡意吗？她丈夫的态度也有点儿不大自然。我心想，是不是两个人吵架了，丈夫殴打了妻子的头部才变成这样的？我看了一下寺坂夫人的后脑勺，既没有外伤，头发也没乱。不过，应该躺下来过，头发上沾着些沙子，好像撒了亮片装饰一样。

走进大堂休息区，前台工作人员看到了我们，迎上来问：“请问需要帮忙吗？”寺坂崇夫毫不犹豫地谢绝了，连声说道：“没事，没事！”我心想，还是让医生来检查一下比较好吧。不过，我并不太清楚他妻子变成这样的前因后果，所以也不好在边上多嘴。

寺坂夫妇的房间在七楼。一同乘坐电梯的还有两名女子，估计是姐妹俩，像是一起来参加游戏的。她们完全没有理会我们这些正在照顾醉酒者的人，旁若无人地互相交谈着，“还有好多不知道呀！”“这个推理好难呀！”等我们到了710号房间，把寺坂夫人放平在床上，寺坂崇夫郑重地向我们道谢。

“幸亏有你们帮忙，真是太感谢了。”

虽然他很真诚地向我们道谢，但不知为何我总感觉哪里有些不对劲。关于他妻子为何变成这样，他好像有什么事情瞒着我们。火村也注意到了这一点。

“寺坂先生，方便到外面阳台上聊一下吗？”

对方支支吾吾地答应了。果然他好像有什么不想让我们知道。

我们来到阳台，从这里可以俯瞰沙滩。火村提议到房间外面，很明显是有什么话不希望寺坂夫人听到。

“也许我应该默默离开才比较礼貌，但有些问题我非常在意，必须要问一下您。您夫人变成这样是不是因为服用了安眠药？”

寺坂崇夫的脸阴沉了下来。他稍稍犹豫了一会儿，回答道：“是的。”其实如果他想隐瞒，完全可以矢口否认。大概是因为火村犀利的目光让人畏惧。

“在海边散着步，吃下了安眠药，这也太奇怪了吧。是有什么特殊的缘由吗？”

“哪有什么特殊的缘由……就是不小心弄错了。妻子把常年服用的哮喘药和我服用的安眠药搞错了。”

“在海边散着步，也没水的情况下，就这么把药片给吞下去了？这听起来不合乎情理啊。”

火村始终保持着平静的语调，以免听上去像是在责问对方。

“没水，也能吞下药片啊。况且，哮喘药是午饭后就得服用的，到了晚上妻子才想起来，所以她在慌乱之中拿错了吧。她走着走着，忽然摇摇晃晃起来，我还想着她这是怎么了呢，结果她一屁股瘫坐在沙子上，倒下睡着了。我自己也吓了一跳。”

这也并不是完全没有可能。

火村继续询问道：“那个时候，您应该察觉到您夫人误服了安眠药吧。当时，您怎么打算的？我路过的时候，看到您蹲在夫人旁边……”

“啊……我正寻思着，一个人把她背回去吧，但感觉有点儿难，是不是得找酒店的人来帮帮忙。又一想，说不定她一会儿就醒了，所以在旁边等等看。”

寺坂说话时吞吞吐吐，目光闪烁、眼神茫然。即便不是临床犯罪学专家，也能看出他在说谎。

“您夫人像说梦话似的一直在问，谁打来的电话？最初，我远远看到您的时候，您似乎正在打电话。您夫人在沙滩上睡着的时候，有电话打来了对吗？”

“是的，从东京打来的，是我的老朋友。这又怎么了？这和你有关系吗？”这小声的责问似乎是对火村的反抗。

“如果冒犯到您了，我道歉。确实和我毫无关系。”火村道歉道。

“不，您也不用向我道歉。”对方舒了一口气，“我不在公司，刚才的电话是公司日常业务上的联系。我接着电话才想起来，这不是带了手机嘛，正想着打电话给酒店，火村先生来了，朝着我们大喊，‘你们怎么了？’”

“我以为你们出什么事了，所以才大声呼喊的。”

原来是这么一回事啊。我自认为了解了事情的前因后果。但火村却继续追问道：“还有一件事，冒昧地向您确认一下。我走近的时候，似乎听到了您的哽咽。当时，就是听到那个声音，我才越发不安，以为你们出事了。但其实您当时并没有哭吧？”

“当时我确实不知道该怎么办才好。”他笑了，“但是并没掉眼泪哦。”

“您在吃东西对吗？”

寺坂张口结舌，没说出话来。我也惊呆了。吃东西？在那种情况下，能吃什么？

“您说话真奇怪呀。那种情况下，我能吃什么呀！如果您听到了什么，大概是我在吸鼻涕吧。”

“我听到了声音。”

寺坂崇夫不敢直视火村的眼睛。“吃东西的声音吗？你听错了。我什么也……”

“那是个奇怪的声音。在我听来，像是把揉成一团的纸吞咽进去的声音。”

寺坂似乎内心受到了极大的冲击。他靠在扶手上，叹了一口气。我和火村默默地等待着他的回答。

“是，没错。我慌忙将一张纸塞进嘴里，吃掉了。确切地说，应该是吞了。一个不能让人看见的东西。我就坦白了吧，当是驱邪消灾，我吞到肚子里的是遗书。”

寺坂的回答完全出乎我的意料。但火村却似乎早有察觉。

“原来是这样。也就是说，你打算自杀是吗？那是你写的遗书吗？”

“是的。我写的……两个人的遗书。我原本打算，让妻子先去，然后自己也立马追随她而去。”

我一时间不敢相信自己的耳朵。下午遇到他们的时候，看到的还是一对在优雅地享受假期的夫妻，从他们身上完全感受不到任何死亡的气息。我感到十分意外，同时也为自己缺乏观察力而感到羞愧。

“也就是说，您打算拉着妻子和您一起寻死。您打算用安眠药让夫人昏睡过去，然后把她淹死，接着自己再追随她而去……”

“是的。虽然听起来很残忍，但我当时下定了决心。遗书是旅行出发前一天就特地写好了的。”

我透过窗帘的细缝往房间里面瞥了一眼，确认一下寺坂夫人是否已经醒来在听我们的谈话。“按照你这话，如果火村晚几分钟经过，你就已经对夫人狠下毒手了，是吗？”

“不，就算火村先生没来，我也已经打消了寻死的念头。已经没有那个必要了。或许这就是命运吧，就在我等待妻子昏睡过去的时候，一通奇迹般的电话打了过来，是我公司的员工打来的。”

“我抽支烟，不介意吧。”火村征得寺坂同意后，叼起一支骆驼牌香烟，“可以跟我们说一下吗？为什么试图拉着妻子一起自杀，又为什么突然改变了主意？都听到了这里，我们不可能现在说句‘好的，晚安’，然后就这么回去。”

“我可以和你们说，因为现在已经没事儿了。能请你们替我保密吗？”

“我保证不告诉任何人。”

我也做出了保证。

“好。其实，我的生意经营得不太顺利，又被一个来帮忙的熟人欺骗，那人带着公司所有的周转资金跑路了。之前从他的言行举止上一点也看不出他很缺钱，真是人心难测呀。我开公司之前，一直在东京市内的一家银行上班，在那里经历了很多不愉快的事，所以我下定决心要自己创业，誓死不当工薪阶层。公司对我来说就像自己的孩子，只要不让它倒闭，我可以做任何事情。我意气用事地向当地的融资机构借了高利贷。尽管我心里非常害怕，知道这样下去总有一天会破产，也知道铤而走险不是长久之计，但为了维持经营我还是一而再再而三地借了钱。结果，到最后还是走投无路只能认输。但是，我的亲弟弟做了我的连带担保人，我不能因为自己破产而牵连到他。事到如今，就只能一死，以我们的人寿保险来还债了。”

“你夫人并没有同意你的决定，对吗？”我问了一个难以启齿的问题。

“满美子并不知情。她是富贵人家的大小姐，并不清楚我们遇到的危机。不是因为她愚蠢，只是我一直瞒着她。可能你们会认为，我为了不让妻子担心而一个人扛着，但其实我只是为了满足自己的一点点虚荣心而已。我没有勇气跟她坦白。最近几个星期，我每晚不吃安眠药就彻夜难眠。”

“你选择‘大王花’作为自己自杀的场所，是因为在这里有过美好的回忆，对吗？”

他深深地点了一下头：“我在钟乳洞说的话，您还记得吗？这里是一家非常棒的酒店。妻子经常跟我说，‘等不那么忙了，我们再去那里吧。’看得出来她非常喜欢这里。当然，我也是同样的心情。我一直在奋斗，梦想着好日子会到来，但是，我失败了。决定一起自杀的时候，我想起了大王花酒店。我想，人生最后的时刻就在这里度过吧。我是个没出息的男人，最后能为妻子做的也就只有这个了。我订了酒店，买了单程的机票。妻子高兴得简直不敢相信这是真的。同时她也非常关心我，说工作忙不过来的话，以后再来也没关系。我坚持说，‘是我想放松一下，这次一定要去’。到了这里以后，妻子从心底里洋溢出快乐，和我说，‘我最喜欢这里，都还住在这里就已经在想下次什么时候能来了。’毋庸置疑，‘大王花’就是这么一家无与伦比的酒店，会让你想在人生最后几天一定要来住一住。”

听着寺坂的诉说，我忽然难过起来。

“但是，危机已经过去，奇迹出现了。听到满美子睡着后均匀的呼吸声，我从怀里掏出遗书，决定动手。就在这个时候，电话响了，是我的部下打来的。公司成立以来，他一直是我的得力助手。他给我带来了一个好消息——卷款逃跑的那个朋友，把钱送了回来，还是用快递寄来的，里面还留有一张便笺，写着一些道歉的话。真不知道那家伙怎么想的。我和部下说，我在石垣岛，在那个充满着我美好回忆的酒店，这一定是‘大王花’创造的奇迹。他听了，吓了一跳呢。总之，我重获了新生，没必要再去寻死了。当然，重整旗鼓还得花不少时间，但是想想我一路走来的荆棘和坎坷，一切都会有办法的。”说到这，他的表情变得明朗起来。

不管事态多么严重，他都没有权利去决定他妻子的生死。我无法苟同他的做法。不过，现在应该祝福他们吧。

“啊，我又不是山羊，刚才把遗书连同信封一起吞下去，现在忽然觉得好难受。”

“你并没有伤害你夫人，没必要那么慌张地把遗书毁掉吧。”火村拿出一支烟，抽了起来。

“当我知道不用再带着妻子寻死，遗书立马变得忌讳起来。我想着，这绝不能给满美子看到，必须立马销毁。我也想过，是不是先放在口袋里，待会儿再处理掉。我寻思着一定不能给妻子看见……那通电话就像是临刑前忽然来了个免死令。我挂了电话，当时脑子里就像是一百发烟花同时炸开了一样，一片欢腾。就在那时，你大声叫我们，我顿时惊慌不已，不知所措。”

“抱歉问了你那么多不礼貌的问题。失礼了。”火村用随身携带的烟灰盒掐灭了烟头。

“给你们添麻烦了，还让你们听了些我的糗事。”

“哪里哪里，”我说道，“您打算在这里待几天？”

“我心理负担已经没了，想在这儿多待几天，但实际情况不允许，接下来还有好些事情需要处理。等妻子醒了，我会向她说明一切。不过，自杀寻死的事，我并不打算告诉她。买好机票后，我打算立马回东京。以后有机会再来。”

“祝你们一切顺利，尽早再来‘大王花’！”

“谢谢您，有栖川先生。您的大作，我一定拜读。”

我们离开了房间。

6

我按下电梯按钮的时候，突然感到一阵不安。刚才寺坂崇夫说的全部都是真话吗？如果那个奇迹般的电话实际并不存在，只是火村刚好路过，他才停止了自杀计划，那么接下来他会不会重新执行计划呢？我把我的担心告诉了火村，他摇了摇头。

“如果他真的还打算自杀，那刚才完全没必要毫无保留地向我们坦白全部。只要一口咬定什么也没发生，直接赶我们出门就好了。他应该不是在演戏。”

“有道理。”

电梯来了，我们下到五楼，回各自房间。火村说他接下来要去阅读文献资料，估计他已经习惯昼夜颠倒了。我提醒他注意劳逸结合，然后径直走向房间。

我取出 508 号房间钥匙正要开门时，突然灵光一闪，好像突然明白了密室杀人的玄机。我立即往回走，乘上电梯，来到大堂所在楼层，朝“八重山”餐厅走去。

时间已过凌晨一点，但大堂休息区依旧热闹非凡。恋人们坐在能看到大海的位子上促膝长谈，也有人拿着纸片东奔西走。后者应该是在积极地参与游戏吧。前台礼宾部的位子上，一名工作人员正坐在那里负责回收答题纸。

“八重山”餐厅自然已经打烊，附近一个人也没有，入口旁边摆放着的冲绳狮子一副无所事事的样子大张着嘴巴看着墙壁。我走过去，轻触了一下狮子的鬃毛。果然和我想的一样！

从外观上看，这只冲绳狮子只是一件陶瓷摆设，但实际上，这是运用糖艺技术制作的一座糖塑雕像，工艺相当精湛，不直接触摸一下或把鼻子凑近闻一闻，绝对不会发现这其实是一个西点。游戏的出题人是在提醒大家要注意这个细节啊。经过今晚我也算是知道了，人有时候也会吃一些看似压根没法吃的东西。

密室杀人手法解开了。既然如此，当然要向片桐炫耀一番。我再次拿起了前台内线电话的话筒。

“有栖川先生，你刚才都干什么去了？完全没看到你人影呀。你该不会是黔驴技穷，临阵脱逃，独自一人抱膝坐在夜晚的沙滩上难过吧？”

“你在和谁说话呢，真没礼貌，我可是大名鼎鼎的有栖川有栖。”

“我还是小有名气的片桐光雄呢。喂，凶手和杀人手法你都知道了吗？我之前不是提议一点钟我们开侦破会吗？一起来开吧。哎呀，我再也不想看着这个纵横填字字谜了。”

“你不会连那个都没搞定吧。”

“我不擅长这个呀。”

“亏你还是编辑。”

“作为编辑，每天和文字打交道，就得擅长纵横填字字谜吗？要求也太高了吧。难道你不费吹灰之力就把字谜给解决了？快把答案告诉我！这里一卡住，后面都没法进展了。那警部的电话打来了好几通，还送来了些奇怪的三明治做夜宵。我已经一片混乱了。”

“三明治是送给活动参与者的免费餐食吗？”

“并不是简单的夜宵，是用报纸包装好送来的。仔细观察才发现，这报纸虽然设计精巧，几乎可以以假乱真，但刊名居然写着‘朝目新闻’[①]。怎么样？在寻找印刷错误方面，我是个天才吧。上面登载着一则女大学生吸毒身亡的报道，这估计是与案件相关的陈年旧事。这个女孩应该是嫌疑人当中某个人的亲属吧，而她的死与细川有关，所以杀人动机是复仇吧。”

不是稍微有点进展了嘛！这是个重要的线索。凶手在行凶之前做了周密的计划，而且还应该准备好了某样东西。

“你想知道谁是凶手吗？”

“啊？真的吗？你已经知道凶手了？告诉我吧。”

“佐藤武司。只有他能让密室成立。”

---

① 与假报纸《朝目新闻》一字之差的《朝日新闻》是日本著名的报纸之一。

“他怎么做到的？关于密室的玄机，我一点儿线索也没找到。”

“字谜的答案就是线索。杀害细川之后，他将假的钥匙放在桌子上，离开了房间，再用真的钥匙从外面把房门锁上。然后，在大家发现遗体一片混乱时，他趁机将真假钥匙调包。非常原始的手法，对吧。”

我能想象到片桐正不服气地鼓起腮帮子。

“这个我也考虑过。不过，不对呀。要真是那样的话，大家相互搜身的时候，肯定会发现假钥匙的。他压根没有处理假钥匙的时间。”

“有的哦。”

“什么时候？他一步也没有离开过房间。”

“吃了呀。”

哈哈！这家伙沉默了。

“假钥匙，是食材做成的，多半是西点。关于佐藤是糕点师这一线索肯定隐藏在某处。字谜的答案是冲绳狮子。这是让我们去查看装饰在餐厅入口处的摆件。我去看过了，那个其实是小点心哦，是糖艺！就是那种……用蛋糕做的娃娃啊，和真花几乎一模一样的糖花啊之类的，日常生活中不是经常看到吗？装饰用的那种。我曾经看到过能以假乱真的糖铃铛、糖钥匙。就是那种啦。”

“糖艺！啊，怪不得……”

“‘怪不得’什么呀？”

“怪不得凶手的名字叫砂糖[①]。”

啊——原来如此。另外，为了不让“佐藤”这个名字太过显眼，编剧还特地安排了一个和原首相同姓的角色……这应该是我想得太多了吧。

“嗯，原来是这样。知道了凶手和密室的玄机，剩下的就简单了。拼图还有几处没拼好，不过我大致能想象到是怎么样一幅图了。机会难得，我们一起来把剩下的都解决了吧，三明治也剩下了呢。”

我同意了。

“话说回来，有栖川先生，在‘寻找真凶游戏’进展的过程当中，酒店里发生了一起命案——这个作为小说的题材怎么样？”

“这……不好说。不过，‘成功制止了一起命案’——这我倒是能写写看……”

说完，我挂上电话，朝片桐的房间走去。

① 在日语中，“佐藤”与“砂糖”的发音相同。

7

第二天上午 9 点。

参加“热带悬疑之夜”的客人们在大厅集合，个个困得眼睛都睁不开了，偶尔还能听到有人说几乎一夜没睡。看来大家都玩得非常尽兴。如果能有很多人感受到寻找真凶游戏的乐趣，并因此打算试着读读推理小说，那我更是求之不得。

“各位，玩得开心吗？有多位客人眼睛里还带着血丝呢。那么您答对了吗？请各位拭目以待吧。”主持人精神饱满地说道。

我和片桐是过了凌晨三点以后提交的答案。弄明白真凶以及作案手法以后，答题纸上的空白就能轻松填写出来了。我们的回答应该接近满分吧。当然，奖品我们是没有资格拿的。

真相篇的舞台剧上演了。这只不过是一种证明我们答案正确的形式罢了。片桐看得欣喜若狂，连连叫道：“哇！厉害！我们太厉害了！”他真是一个头脑简单的男人。不管怎样，我在他心里的地位应该有了些许的提高吧。

主持人再次登场，向大家展示了一些优秀的或是搞笑的答案，全场一片欢腾。完美答案总共有二十份。我觉得这个数字挺合理的。这些答案都非常出色，难分上下，看来名侦探奖会颁发给最早提交的那个人吧。主持人装腔作势迟迟不公布获奖结果。就在这时，浜松来到了我们身旁。

“有栖川老师和片桐先生的答案非常完美。不过很遗憾提交时间并不是第一名。”

“人外有人，天外有天啊！作为活动可以说是大获成功不是吗?一百二十人当中有二十个人回答正确，这个比率我觉得非常好。参加游戏的每个人，看上去都相当满意哦。”

听了我的评价，浜松点点头。“活动的每个环节都没出什么问题，从这点来说，我已经很满意了。我们会向参加活动的人发放调查问卷，请他们写下对活动的感想和意见，从中应该能得到一些意见和建议。非常感谢您的协助。”

我并没有提供什么特别的帮助，不过听起来我的任务似乎已经圆满完成了，真是一份美差。还有更美的是，我们可以再住一晚，并且没有任何工作安排。这多亏了片桐顺利把上司蒙骗了过去，我得好好感谢他才行。

获奖者公布，全场响起了热烈的掌声。一对年轻的夫妇带着小学生模样的儿子上台领了奖。就这样，“热带悬疑之夜”成功落下了帷幕。

我走出大厅，浜松送我离开，并表示下次有机会再正式道谢。我决定去一家自选餐厅吃早饭。早上起晚了，到现在还什么都没吃呢。我想到难得来一次热带南国，于是往餐盘里夹了许多平常压根儿不会碰的水果，然后在靠窗的位子坐下，喝起了番石榴果汁。这时，落在后面的片桐端着餐盘走了过来。

“哎呀，眼花缭乱都不知道选什么好，要是每天都能吃到这样的早饭该有多幸福呀。”

那应该用奢侈来形容才对吧。

“话说回来，火村教授已经吃过早饭了吗？我怎么都没看到他。”

“应该还在睡吧。真是受不了他，我都没法安排今天的行程。还是不要管这个工作狂，我们自己上竹富岛玩玩吧。坐在晃悠悠的水牛车上听一听冲绳民谣怎么样？到西表岛去看一下红树林也不错。”

这里的火腿出奇的好吃，很难得能吃到这么美味的火腿。我对火腿非常挑剔，长期以来我甚至怀疑日本的火腿生产商在制作工艺上是不是哪里搞错了。

“我有点想游泳。等一下回来以后，能在泳池里游一下也好。我还挺喜欢。”

“都来了石垣岛，没必要去泳池里游吧。酒店可是有私属沙滩的，既然要游，那就去海里游吧。刚好这里的海水浴场每年都是全日本最早开放的。对了，你邀请火村来，最关键的目的还没达成吧。”

“我能有什么办法呢！教授像冬眠的棕熊一样，一直待在房间里，我根本没有行动的机会嘛。”

昨天夜里，他出来了，还帮助了别人——我正这么想着，视线刚好与一对夫妻对上——是寺坂夫妇，他们正向收银台走去。丈夫一脸正经地朝我们鞠躬示意，接着妻子也向我们点头微笑，就像什么也没发生一样。太好了！我放下心来。

“啊，在钟乳洞遇到的夫妻。他们会在这里住多久呢？”

“好像就住到今天。”我回答道。

片桐拿着叉子的手停在了半空，叉子上戳着一块火腿。

“你怎么知道的？”

“昨天晚上，稍微聊了一会儿。”

我答应过寺坂替他保密，所以我并不打算向片桐解释太多。

我们花了相当长时间，慢悠悠地享用早餐。即便这样，火村还是没有出现。我用前台的内线电话联系他，得到的回复居然是“我正要去洗澡”。真想把他撇在一边不管了，可转念一想，把他扔下又太薄情寡义。于是我邀请他下午一块去竹富岛，得到的回复居然是“去！为了驱走我的困意”。哎！不和他计较。

我们向礼宾员打听去竹富岛的船次，她绽放出天使般的笑容，热情地向我们介绍景点。小岛离酒店大概十分钟的路程，这个距离刚刚好。说真心话，即使一直待在酒店里，哪儿也不去也挺好的。

不过，拜火村所赐，我们在时间上有些尴尬。于是我们只好在酒店里瞎逛，在酒店周边闲游，以打发上午的时间。快到正午的时候，我们在休息区喝着咖啡，副教授终于来了。他穿着一件白色宽松衬衫，衬衫的下摆随着他的动作摇曳。估计是睡饱了，副教授一脸神清气爽的样子。即使这个性格扭曲的男人只是为了工作而来，“大王花”也仁慈地给予了他力量。

“早上好。”片桐站了起来。

火村朝我们走了过来，顺便向与他迎面而来的服务员点了一杯咖啡。

“怎么样，论文进展得顺利吗？”我问道。

“非常顺利，多亏了片桐先生。”

听到这句话，编辑一脸的欣喜若狂，似乎确信了，在讨好火村的路上自己已迈出了坚实的一步。其实前方的路还远着呢。

我看到寺坂夫妇从电梯里走了出来，手里各自拎着旅行包。看来他们要出发了。丈夫办理退房手续的空当，妻子打量着柜台里的土特产产品。

一想到这个女人差一点儿被她的丈夫杀害，我不禁感叹起命运的神奇。

寺坂崇夫结好账，看到了我们，朝我们走了过来。他对我和火村说：“昨天给你们添麻烦了。”

“机票买好了吗？”我问道。

“买了，下午一点四十五分的飞机，现在还早。”

“一天只有一趟呢。”片桐说道，“如果从那霸转机的话，还有一趟是早上出发，中午到东京。”

“我们不需要那么急着回去。所以一直在这儿待到了退房时间。有机会的话，我们还想再来这里度假。再见了。”

他们夫妻肩并肩，朝旋转门的方向走去了。我和片桐打算继续先前的话题，但是我看到火村盯着寺坂夫妇离去的方向，手端咖啡杯，紧锁着眉头。发生什么了？我回过头张望。

这之后数分钟内发生的事情，让我永生难忘。我不知道当时到底发生了什么，连阻止的时间也没有。所有的事情，都发生在一瞬间。但，那一瞬间所发生的事情，就像是慢动作的影片一样，深深地刻在了我的脑海里。

两名穿着黑色西装的男人从旋转门走了进来。寺坂崇夫看见他们，立马把手里的旅行包扔了过去，转身就跑。满美子呆呆地站在那儿，目送着丈夫的背影。两名西装男指着逃跑的男人大喊，“在那儿！”“寺坂，你给我站住！”他们边喊边像疾风一般从满美子的身边跑过。电梯刚好到达，寺坂崇夫跳上电梯，电梯门在两个男人赶到之前关上了。一个男人骂骂咧咧地奔向楼梯，另一个男人则观察着上升的电梯，看它会停在几楼。

“……怎么回事？”我一脸惊愕。

旅行包从满美子的手中跌落下来。

“一直觉得很蹊跷。”火村的表情很是纠结，“你看到他绝望的表情了吗？那通说被骗的钱已经送回来了的电话，应该是假的。那些人为了知道他们的下落，让他深深信赖的部下打了那通电话。”

寺坂崇夫已经把房间的钥匙归还给了前台，所以他应该是逃进了一间正在整理清扫的房间，然后……从阳台纵身一跃。

我似乎听到“砰”的一声闷响。

这也许是我的错觉，但那声音一直在我脑海里，挥之不去。

“这里是天堂，还是地狱？”

在老鹰乐队歌曲的尾声，看门人对着正在到处寻找出口的“我”说：

“放松点吧。”

“留在这，是你的宿命。”

“你可以随时结束，但你永远无法挣脱。”

异形之客

1

三月二日傍晚，这位客人出现在中浓屋旅馆时，已经是六点多了。

“我提前预约了的……”

客人头上扣着一顶帽子，帽檐压得很低，还戴着一副墨镜，嘴巴被一只硕大的口罩牢牢遮住，几乎看不到他的模样。光是这样就足以让人惴惴不安了，这男人还满脸缠着绷带，连太阳穴和下巴都没露出来，两只手则戴着黑色皮革手套。此外，连体型也隐藏在了他宽大的风衣下面。

哎呀！这客人……简直就像是个“隐形人”嘛。

前台服务员保科辰子隔着柜台，看着这个男人。她在这家旅馆工作了十五年。此刻，她内心已是忐忑不安、波涛汹涌，表面上却努力保持着平静。她向男人询问了姓名。

“石坂，石坂秀夫。”

男人的声音隔着口罩有些含糊，保科没能听清楚。她只好一面道歉，一面再次向客人询问了一遍。

“好的。石坂先生，您请稍等。”保科挤出笑容，在电脑里检索了起来。这个名字确实出现在了预约记录里，是三天前预约的。

“看到您的预约信息了。您订的是副楼，从今天开始，一共住三天，对吗？”

绷带男人一言不发，点了点头。

“好的。请您在这里填写一下您的姓名、住址以及电话号码。谢谢。”

保科将入住登记卡递了过去，男人脱去右手的皮革手套，拿起插在柜台上的圆珠笔，毫不犹豫地填写了起来。客人名叫石坂秀夫，住在奈良县生驹市。他书写的每个字都左低右高，字迹相当难看。不过，男人连“年龄”以及“预计离店时间”等栏目也老老实实地填写了。填写完毕，他抬头看了看保科，似乎在询问，这样可以了吗？

“谢谢。房费您将如何支付？现金还是银行卡？”

“现金。需要支付押金吗？”

“不用。”男人刚要去掏钱包，就被保科制止了，“房费将在退房时结算。这就带您去客房。”问及支付方式只是因为如果用卡支付，她需要事先知道客人的银行卡账号。

这时，女侍吉井洋子察觉到客人来了，走了出来。她脸上带着服务业从业人员的标志性微笑，快步走来。但看到客人这身打扮，她不禁吃惊得张大了嘴巴。

“这位是‘松籁轩’的客人。帮客人拿上行李，带一下路……”

保科话还没说完，男人抬起戴着手套的右手，打断了她。

“不必了，行李我自己来。”

他说完，用左手拿起放在自己脚边的行李包。

“哦，好的。吉井，那就拜托你了。”

吉井说了声“这边请”，随即走到客人前头，给客人带路。她的声音听上去似乎有些颤抖，大概是太紧张了吧。男人走向走廊深处时，打了一个大大的喷嚏。

花粉过敏吗？这个季节，戴口罩的人并不少见，不过，花粉过敏患者需要戴墨镜吗？还有那个绷带……

保科托腮沉思着。忽然她听到旁边有人在叫自己，定睛一看，穿着半缠和服的领班后藤正从办公室的门背后探出头来。

“我看到了呢。真是位奇怪的客人，那身打扮就像是隐形人似的。”

“嗯，我也这么想的，第一次见到这么奇怪的人。”

“不过，他把墨镜、口罩全都摘下来，也不可能真的是个像空气一样透明的隐形人，是抢劫杀人犯的可能性倒是有的。”

“应该不至于吧。”保科说。

后藤看上去并不像在开玩笑。保科生怕被客人发现似的小心翼翼地拿出放在柜台内的一份清单。这是一份警方发来的告知函，上面罗列着目前在逃通缉犯的照片以及体貌特征。保科粗略扫了一遍，并没有看到和石坂秀夫特征相符的人物。

“你看仔细点哦。如果是香格里拉十字军的成员那可就吓人了。其中有个叫鬼冢龙造的，应该和那个人的年纪差不多。”

“没关系啦，像鬼冢龙造那样的大人物怎么可能来我们这样的小地方。后藤领班，您仔细看过这份通缉名单吗？那个叫鬼冢的人，身高可有一米八六呢。再怎么乔装打扮身高也是没法蒙混过去的，通缉名单上也写了让大家特别注意高个子的男人。刚才那个客人最多也就一米七的样子吧。”

后藤仍然非常担心地说道：“但是，香格里拉十字军里尚有多名余党在逃。就算不及杀了七八个人的鬼冢那么穷凶极恶，但也个个都是无恶不作的亡命之徒呀。”

“香格里拉十字军的成员，除了鬼冢龙造，名单里还列出了三人，但没一个对得上。其中一人是女的，剩下两个人，一个身高一米六，另外一个是上百公斤的壮汉。刚才那个客人虽然看不出身材是胖是瘦，但绝对没有上百公斤。香格里拉十字军之外的罪犯也都对不上，每个都年龄不符。”

保科为了说服后藤，极力把名单递给他看。后藤瞥了一眼道：“真是这样，那就没事。但是，如果他既不是隐形人也不是通缉犯，干吗要把脸全部遮起来呢？难道是受了很严重的伤吗？”

“这……啊！可能是刚做完整形手术吧。我听别人说，就算只是稍微弄高一点鼻子，或是做个小小的眼部整形，也必须长期裹着绷带呢。”

“大男人做整形手术？”

“不一定是美容整形。说不定是因为交通事故或者火灾受了重伤。”

“可是，他还戴着手套呢，那也是因为受了伤吗？”

“或许是吧，不过也可能只是为了防寒。像这儿的山区，早晚儿还是挺冷的。”

领班探过头来瞄了一眼入住登记卡。估计他想记住石坂秀夫这个名字吧。“这人住‘松籁轩’呀。那间房间是吉井负责吧，你让她小心提防这位客人。”

“好。但是，无凭无据随便怀疑客人不好吧？”

“有凭有据呀，谁叫他那副打扮来住旅馆，我们对他有点儿戒备也是无可厚非的。当然，绝对不能在态度上表现出来，那样可不太好。”

“那是当然啦。”

保科辰子虽然在言语上表现得好像模范服务生一样，但内心其实不然。她心里无比忐忑，总感觉“绷带男”这独特的笔迹似乎是为了隐瞒什么。

直觉告诉她：这特殊的笔迹并不自然，“绷带男”肯定是为了改变自身的笔迹特征而故意把字写得非常难看。

2

三月三日，头上缠满绷带的男人前来住宿的第二天，一名推理小说家来到了中浓屋旅馆。那人就是我。

“呀，您叫有栖川有栖啊，这名字真独特。从事写作工作，您是写随笔之类的吗？”

国字脸还带点婴儿肥的前台服务员边看着我填写的入住登记卡边说道。我之后才知道这个人名叫保科辰子。她说话很有亲和力，应该是位很喜欢与客人聊天的人。

“我写小说，推理小说。”

“哎呀，写推理小说呀。您今天是来这里放松身心的吗？”

“嗯。好久没泡温泉了，工作刚好告一段落，今早起床时，突然想来泡一泡温泉，所以我都没有事先预约房间。”

我并非对温泉有特别的爱好，完全是一时兴起。不过，如果要问，这次来单纯只是为了放松一下吗？其实不然。我正计划着在下一部作品中涉及日式温泉旅馆，这次来顺带收集一些写作的素材。这一点连我自己都觉得有些抠抠搜搜。

“您从大阪市区过来的呀。以后，您想来了尽管来。大阪离这里近，路上花不了多少时间，交通费用也便宜。这也是我们这儿的一个优点。”

说到关西的“后花园”，当属全国闻名的有马温泉。这猛田温泉地处武库川河畔，虽称不上“后花园”，但作为“小别院”也是独具一番风味的。这里毕竟还处于宝冢市区范围内，坐上JR福知山线，即便是普快列车，从大阪过来也只需要不到一个小时。和有马温泉相比，此处温泉街的规模小了许多，温泉出水量也较少，但宁静闲适，绝对是逃离城市喧嚣的好去处。这里有大大小小十来家温泉旅馆，娱乐场所倒是一家也没有。我坐车刚到，打算晚饭之前到处走走逛逛。从昨天开始气温骤降，随处散落的零星小雪，更是添了一番风味。

“这次您打算只住一晚对吧？要是您满意的话，下次来这儿长住吧。这里空气好，温泉水质也好，我给您备好可口的饭菜，保证您下笔如有神助。”

“你这个提议真不错。在你这儿说不准可以感受到古代文人墨客的情怀呢。这里好像还有副楼啊？”我翻看着放在柜台上的旅馆指南，顺口问道。

前台服务员点了点头。

“叫‘松籁轩’，那间非常安静。这次不凑巧，有人住着。下次一定给您安排上……哎呀！不好意思。老说下次下次的，这就带您去房间。吉井！拜托了！”

我回过头，只见身材娇小的女侍毕恭毕敬地站在那儿。

“我来给您拿行李。”她说道。

我婉拒了。这所谓的行李只有一个单肩包，里面只装了一天的换洗衣物和一本袖珍本。

穿过挂着山村版画的走廊，左拐就到了房间。房门上方写着“黄莺轩”。从走廊的窗户能看到后院，在繁密的松枝竹叶之间有一座独立的小屋。那是一间草葺的茶室式建筑，十分雅致，与主楼的曲廊相连。

“那就是‘松籁轩’吗？”

女侍回答了一声“是的”，随后推开了“黄莺轩”的门，招待我进去。

里面共有两个房间，大小分别为三张榻榻米和六张榻榻米。空调开着，温度适宜，很是惬意。壁龛墙上挂着一幅写有汉诗的水墨画，地上摆放着一只古雅的香炉。房间的布局摆设并没有什么特别之处，但这正是我想要的。最近因为工作关系东奔西走，住的都是西式酒店，我多么渴望在日式温泉旅馆住上一夜啊。这回我可是豁出去，花了大价钱的。中浓屋在猛田温泉这一带可是属于相当高档的。

“我叫吉井。您有什么需要，请尽管吩咐。”

女侍深深地鞠了一躬。接着，她给我沏了一杯梅子海带茶，并向我说明了旅馆的应急疏散路线以及温泉浴场的位置。

“请问您几点用餐？”她问道。

“七点。”我打算散个步，休息片刻，然后才吃晚饭。

“副楼的客人是长住客吗？”这只是我的凭空揣测。如果将僻静的温泉旅馆作为小说的故事背景，至少得安排一个这样的角色才有趣吧。

“不是，他是昨天入住的。只不过，那位客人怪怪的……”

女侍忽然欲言又止，大概是意识到，作为旅馆员工，不应该在客人背后说三道四。我也只是随口一问，并无意寻根究底，便装作什么也没听到。

“空调的温度用这个开关面板调节。祝您下榻愉快。”

女侍俯身三指支地[①]，深深鞠了一躬，起身离去了。

我就着茶，将小点心一扫而空之后，看了看时钟，六点已近。一旦太阳下了山，就太冷了，没法好好享受散步的乐趣，于是我决定立马出门。

我盘算着先去武库川的溪流附近转一转，再好好欣赏一番冬日里的温泉小镇，之后便立马返回旅馆。饭前稍作休息，饭后则打算泡在温泉里优哉游哉地打发时间。这将是一个无比闲适、无比悠长的冬日之夜。在温暖舒适的房间，裹在被子里，侧耳倾听寒风刮过树梢的声响；在深沉的夜幕中，重读幸田露伴的短篇小说，岂不美哉，乐哉！正是这些美好的瞬间让人觉得人间值得。

“先去散下步吧。”我自言自语着，穿上了刚才挂在衣架上的外套，

---

① 传统日式温泉旅馆的“跪式”服务。女侍跪坐在榻榻米上，以双手的食指、中指和无名指接触榻榻米，鞠躬行礼，以表示对客人的尊敬，俗称三指礼。

裹了一条围巾，空着手离开了房间。自由自在的感觉让我情不自禁地瞎哼起了小曲，但随即听到有人朝我这边走来，我尴尬地收住了声音。

我和那个男人刚好在走廊拐角处迎个正着。靠着脚步声，我们并没有迎头相撞。然而，我却差点惊恐得大声叫出来。因为，对方的打扮太奇怪了。

墨镜，口罩，压得低低的帽子——这怪异的装束足以让人误以为他是刚抢劫了银行。不仅如此，更令我诧异的是，他的脸几乎都被绷带包裹着。此人将自己与外界完全隔绝了。

一直打量别人可不礼貌，我立即移开了视线，然后侧过身子让对方过去。那个男人似乎向我微微颔首示意了一下——不过这有可能只是我的错觉。就这样我们擦肩而过，同时转过了走廊的拐角。男人的脚步声朝着走廊的尽头远去。

我来到大堂。大堂里摆着一尊大大的大黑天[①]木雕。一位穿着旅馆浴衣，胡子拉碴的客人正坐在木雕旁的沙发上看着晚报。这个男人像是要用报纸遮住脸似的，把头埋得很深。他瞥了我一眼，很快又把目光移回了报纸。前台处，保科辰子正和一位看起来像是领班的男人悄悄说着什么。两人密谈了一阵。难道是在汇报工作吗？保科看到我，立即微笑着向我搭话："您要外出吗？"

"去散个步。"我回答后，又忍不住问了一句，"刚才那位，戴着墨

---

① 大黑天是日本七福神之一。类似我国商店里摆放的财神。

镜和口罩的人，也是旅馆的住客吗？”

“那个缠着绷带的人吗？您在走廊上跟他擦肩而过了吧。是的，他也是这儿的住客。”穿着半缠和服的领班搭话道。从眼神中可以看出他也相当好奇。

“刚才确实有点儿惊讶。该怎么说呢……他的打扮真的太有个性了。”我还是注意了一下自己的措辞。

“你也怀疑他是不是隐形人吧。那位客人刚到旅馆的时候就是那身打扮。应该是有什么难言之隐吧。说起来有点儿不礼貌，他刚来的时候我曾一度怀疑他是不是被通缉的逃犯呢。”

“杞人忧天啦。”保科笑着向我说明，“并没有和那个人体貌特征相吻合的通缉犯。我们领班还担心，如果那人是香格里拉十字军的在逃余党该怎么办呢。”

这不太可能吧。近几个月来，震惊全日本的香格里拉十字军，其据点在东京。他们通常都在东京一带行凶作案，被通缉的部分余党也都在东京圈内被捕。仿佛他们对逃往不熟悉的城市地区特别抗拒，这点确实有些幼稚可笑。

“那些家伙只在关东平原四处逃窜吧，不会逃到关西来的。”

我这个想法被领班全盘否定。“那可未必。那个叫卡特罗尔之光的宗教团体，就在大阪和京都都设有支部。并且，在逃的鬼冢龙造就是在大阪长大的，完全有可能对猛田温泉这一带非常熟悉。他们把关西作为藏身之所也是很有可能的。”

保科又来安抚我说："那位客人肯定不是鬼冢龙造，身高完全不一样。香格里拉十字军会来猛田温泉？那简直就是无稽之谈……呵呵。"

也不能断言他们绝对不会出现在关西，不过就目前的状况来看应该不可能吧。就算那些家伙逃到了关西，十有八九是躲藏在大阪、神户一带的某间出租屋或公寓里，大气都不敢喘一下。

"不过话说回来，那些自称香格里拉十字军的家伙，真是惨无人道啊。口口声声宣称自己进行的是改造社会的'圣战'，实际做出来的却是滥杀无辜的恐怖袭击，真是难以理解啊。没想到日本居然会成为治安这么差的国家。"

听到领班的这番忧虑，保科也感同身受地点头道："确实，真是个大麻烦……好了，让人不安的话题就此打住吧。祝您散步愉快，请注意保暖，别感冒了哦。"

"我出去了，待会儿见。"

换鞋时我不经意地回了一下头，刚好又和那个坐在沙发上胡子拉碴的男人四目相对。尽管这只是个意外，却让人非常尴尬。我来到旅馆外面，此时已暮色渐浓，没有下雪，但气温很低，风吹在脸上冰冰凉凉的。路上行人稀少，分外冷清。我决定在旅馆周边转一转就立刻回去。

这附近有很多家旅馆。我一边走，一边对比它们的外观和氛围。走着走着，我不由自主地想起了"绷带男"。他应该是受了什么伤或是生了什么病才导致皮肤不能暴露出来吧，或许他正是为了疗养才来温泉的。按常理来想，犯下滔天大罪的逃犯不可能打扮成那副模样。脸虽然遮住了，但反而更显眼了嘛。那个模样不管谁遇到了，都会产生怀疑的。当下“名声赫赫”的香格里拉十字军在逃余党，不至于做出这么愚蠢的行为。

话虽如此，不过……

正如领班所说的那样，这个国家的治安已经相当糟糕了。我曾时常自嘲道，日本国民沉醉在和平之中毫无忧患意识，每个人都认为良好的治安和空气一样，是理所当然的存在。现在想来，能够这么自嘲的日子多么令人怀念啊。当今日本简直处于一种小规模的战争状态。

香格里拉十字军是从一个名叫卡特罗尔之光的新兴宗教团体中剥离出来的激进组织。卡特罗尔之光打着宗教的幌子，到处招摇撞骗。有教徒入教时作为布施进贡了全部家当，其家属因此把教团告上了法庭。这官司在社会上引起了轩然大波。而至于香格里拉十字军，那就只能称之为恐怖组织了。他们梦想在当今日本建立一个如同在詹姆斯·希尔顿的《消失的地平线》等作品中所描绘的理想国度——香格里拉，并且认为要实现这个目标，必须肃清弥漫在社会上的邪恶风气。在这样的信念驱使下他们采取了极端的行为。

东京的各大电视台成了他们的首要攻击目标。按照他们的理论，社会堕落的根本原因在于三个“S”，即 Sport、Sound（音乐）、Sex。民众受到掌权者的唆使，沉溺于三个“S”之中，丧失了理智与审美能力，最终变得愚昧无知。他们认为，当今的日本正陷入大众越发愚昧的深渊，其深度与广度令人战栗，而电视媒体则是促成大众堕落无知的最重要因素。这简直就是无稽之谈。历史上，沙俄为了迫害犹太人曾捏造过一份《犹太人贤士议定书》，而这三个“S”显然是对此议定书赤裸裸的剽窃。他们才应该好好学学媒体素养①。

可是，在卡特罗尔之光的信徒中，有一部分人对这毫无新意但却十分危险的阴谋论深信不疑。在他们的眼里，电视媒体完全听命于掌权者，掌权者则利用电视媒体对民众进行精神上的控制。如果不解除掌权者对民众的洗脑，民众无法意识到自己所处的悲惨境地，香格里拉建设也终将成为泡影。他们将破坏“洗脑装置”作为首要任务，袭击了电视台。上个月二十六日，相继引爆三个小型炸弹。

这次恐怖袭击共造成五人身亡，二十人受伤。爆炸发生后，他们通过网络发布犯罪声明。声明中写道：

仅凭卡特罗尔之光的传教，无法建成理想国。我们对温和的卡特罗尔之光失望至极，我们是香格里拉十字军。我们于今日掀起香格里拉革命。电视台日夜播放三个“S”，企图让我们的国家蒙受巨大的耻辱。向电视台发起挑战，是我们伟大革命的第一步。各电视台若不停止对民众的洗脑，我们将让它们付出血的代价。民众们，觉醒吧。让我们为香格里拉建设而集结！

……

① 媒体素养（Media Literacy），新闻传播学专业术语。人们面对网络、电视、报纸杂志等媒体的各种信息时，正确理解、正确分辨信息的能力。

接着便是一些毫无可行性的香格里拉建设计划，文末还附上了组织头目鬼冢龙造的署名。他原本为卡特罗尔之光的后备干部，也曾是某知名高校工科专业的研究生。

全国各地的电视台进入高度戒备状态，誓死对抗疯狂的恐怖主义。然而，遭到第二拨袭击的并不是电视台，这让警察们措手不及。炸弹在府中竞马场爆炸，造成三人死亡。府中爆炸的第二天，在座无虚席的东京巨蛋发现了可疑物品——一枚定时炸弹。据说，该炸弹在爆炸前二十分钟被解除，上面写着“为了香格里拉”的标语。他们憎恨大众娱乐。周刊还刊登了以“恐怖袭击的下一个目标”为主题的专题。大多数人预测摇滚乐队的演唱会现场将成为头号目标，极少数人则认为红灯区及情侣酒店也有可能成为恐怖袭击的对象。

他们自称为“革命的导火索”，宣称甘愿为革命献身。之所以在二月二十六日实施最初的爆炸恐怖袭击，大概是因为他们期望此次恐怖袭击能被世人称为平成的“二·二六事件”。但其疯狂程度远远超过“昭和二·二六事件”[①]，实在令人发指。卡特罗尔之光原本就是公安警察的重点关注对象，因此香格里拉十字军的大部分暴徒于二月底就已经被警方逮捕，其阴谋败落之快也远远超过“昭和二·二六事件”。

目前，组织头目鬼冢龙造及另外三名余党仍在逃窜。根据被抓获

① “昭和二·二六事件”指的是1936年2月26日，超过1400名全副武装的年轻日本陆军官兵，在东京街头发动武装政变。

人员的供述，鬼冢等暴徒手中已经没了炸弹。不过，并不排除他们使用其他方式继续进行恐怖袭击的可能。全日本——特别是生活在首都圈的人们都热切期盼着警方能尽早将鬼冢抓捕归案。

我步行至武库川河畔，在那儿欣赏了一会儿美景。溪流中散落着奇形怪状的岩石，营造出一个仿佛精心雕琢的山水盆景般的景观。我决定返回旅馆，太冷了，其他也没什么可看的东西了。刚才的那个“绷带男”在这种什么也没有的小镇逛了哪些地方呢？莫非……我开始胡思乱想起来。

比如，他是这个小镇土生土长的本地人，抑或，他曾经在这个小镇生活过一段时间。在这儿，他爱上了一个女人，但是由于某种原因，他们不得不选择了分开。他流着泪离开了，但是无法剪断对她的思念。他牵挂着，她还好吗？他想偷偷地看看她，于是回来了。为了不被小镇的人们认出来，他把脸缠起来，并伪装成游客的模样……

不大对啊。这看似挺符合逻辑的，其实一点也不现实。他可以拜托朋友帮帮忙，或者请个私人侦探。除此之外，方法多得很，他完全没必要那么大费周章。这个假设不成立。

我还是很在意。不过，他的真实身份是什么并不重要。我对“事实”没有兴趣。我围绕“他是谁”这个命题，一个人天马行空，自说自话。在这个过程中，如果能构想出一个有趣的假设，说不定可以把它作为小说的题材——这才是我在意的。但是，目前我对他知之甚少，还没有积攒到足够的素材，并不足以建立假设。

回到旅馆时，前台正好有一位女士在办理入住。她二十来岁，打扮休闲，随身带了一只大旅行包。保科辰子用眼神向我打了个招呼。

回到“黄莺轩”，我换上日式浴衣，打开了电视。正巧是各电视台新闻播报时段。香格里拉十字军余党仍然在逃，抓捕行动并没有新的进展。此外，互联网上出现了“香格里拉骑士团”等恶意网站，但很快被网络运营商删除了。

七点整，我期盼已久的晚餐如约而至。新鲜河鱼、天然绿蔬以及牡丹锅——都是这里的特色菜，还有一口大小的神户牛肉的小牛排，真是太丰盛了。食量较小的客人看到这等分量，估计得尖叫道，这怎么吃得完！我一边和女侍吉井闲聊，一边大快朵颐。女侍连连夸赞我胃口好。我已经三十四岁了，到了这个年龄，胃口却依然不减当年，连自己都很惊讶。

席间，我们稍稍聊到了“绷带男”。我这才知道，他原来是住在副楼的客人。哦，原来是这样啊！怪不得下午我问及“松籁轩”的客人，女侍说了一句“那位客人怪怪的”，之后却欲言又止，没了下文。

酒足饭饱后，我优哉游哉地泡了温泉。回到房间时，被子已经铺好了。时间才过九点，我钻进被窝里，翻开了小说。太幸福了！对于那些痴迷于血腥“革命”的香格里拉十字军来说，这小小的幸福也是不被允许的吧。

太舒服了！以至于刚过了一个小时，我便开始昏昏欲睡起来。我合上书，熄了灯。副楼的客人现在在做什么呢？

醒着，在看书吗？抑或，趁着夜色已深，他把绷带解开，偷偷地前往温泉？现在前去温泉，说不定能撞见他正素面朝天地泡着温泉呢。我才不去！不管发生什么，我都不愿意离开我的被窝。

更何况，睡意已朝我袭来。

3

也许是昨晚早睡的缘故，刚过六点我就醒了。如果是平常，这个时间我应该正要结束通宵达旦的工作。昨晚睡了个好觉，现在神清气爽，我决定刷完牙去泡个温泉。我并不热衷于温泉，住一晚上泡两次还是头一回。印象中，我从来没有大清早去泡过，体验一下应该也不错吧。

我拎着毛巾来到温泉浴场时，发现已经有人在里面了，从更衣室能听到冲水的声音。说不定是“绷带男”？我怀着少许的激动和忐忑，打开了浴场的门。隔着水蒸气我看到一个人影。“哐当”一声，浴场里响起了洗脸盆触碰在地板上的声音，那位客人似乎刚冲洗完身体。他缓缓站起身，走到了柏木材质的温泉池边。其体型和“绷带男”非常接近。

我也走进了温泉池，将身子浸在里面。浴场有一面墙是超大的落地玻璃窗，透过窗户，可以看到院子里的垂枝梅绽放出浅粉色的花瓣。樱花树也已经含苞待放了吧。院子里地面上竖着一个篝火架，樱花盛开时，或许会把篝火点上，以便客人在晚上也能好好欣赏樱花。

“没什么比早上泡温泉更舒服的了，太享受了！”

一个声音隔着水蒸气传进我的耳朵。是刚才那位客人在向我搭话。出乎意料的是，从声音来推断，这个男人年纪有点儿大。

“是呀，享受一下懒懒散散的感觉非常不错。”

听了我的回答，对方笑了起来，整个浴室都能听见他的笑声。我觉得自己并没有说什么特别好笑的话。

“‘懒懒散散的感觉非常不错’，的确是呢。现在才六点半左右吧，这个时间，家庭主妇应该早已起床，正忙活着为家里人准备便当吧。世间的大多数人，马上要从被窝里爬出来，匆匆忙忙地扒两口早饭，然后挤在和自己一样穿着臃肿的人群里，在电车里摇晃着，去上班，去上学。真是辛苦他们了。”

他这么说，那他自己是做什么工作的呢？我正想着，对方开口说道：“我叫是枝。‘是枝诊所’您知道吗？”

中津附近有一栋气派的大楼，是一家美容整形医院。每次坐电车路过那里，透过车窗，就能看到大楼外面挂着的招牌上写着“是枝诊所”。如果他是那儿的老板，肯定财大气粗。

“我知道。您是从事整形外科的医生吗？”

“对，那诊所是我和堂兄一起开的。哎呀，难得来泡温泉放松一下。要是能再住一晚就好了。全球再怎么经历经济萧条的大风大浪，对我们的工作都不会产生任何影响。女性对美的追求和执着是如此强烈，拜她们所赐，我们一直都忙个不停。”

是枝一边说着一边朝我靠近。看上去他将近五十岁了，脸颊下垂，有点营养过剩的样子，但满面红光，神采奕奕。他的眼神明显在催促我，让我也赶紧自我介绍一下。

“我叫有栖川，是写小说的。”

“哦，您是位作家呀。如果写作上需要收集关于美容整形的故事，欢迎您随时来我这儿。我能跟您说上各式各样的戏剧人生。”

这位整形外科医生还没弄清楚我写什么样的小说，就随口说他给我提供写作素材。这也许是因为他天生性格大大咧咧吧。

我们开始漫无边际地闲聊起来，发表各自对旅馆客房、餐饮的评价。他属于既善于言谈又善于倾听的人。受他影响，我也逐渐放开，话多了起来。

“是枝先生，您为什么当整形外科医生呢？是不是对人的脸特别感兴趣？”

“不是不是。”对方摇了摇头，“哪有那么文艺的动机呀。我伯父伯母从事整形外科，建了豪宅，生活滋润。我心想这行一定能赚很多钱，于是就入行了。当然，这工作也不是谁都能轻松赚大钱的，首先技术得过硬，然后还得有经营医院的才能。另外，我也不只是为了赚钱才做这行的。我从事的工作本身也是很有意义的，能创造出女性的美丽。同时，能在手术台上不断尝试新的技术，也令我非常开心。”

这位医生脸上露出了得意的笑容，他应该是找到了特别适合自己的职业。

“创造女性的美丽呀。但是，最近去整容医院的男性也增多了，不是吗？”

我想到“松籁轩”的客人，试探性地问了一下。因为那客人缠在脸上的绷带，让我联想到了做完整形手术后的患者。

“嗯，增多了呢，有不少年轻人要求把自己的眼睛整成某位著名艺人的样子。客人中还有中年的公司职员呢，不过不是要求我帮他去除肚子上的赘肉，而是觉得自己的脸长得太凶悍，吓跑了客户，拜托我给他整得看上去和善、清秀一些。”

为了销售业绩，自愿去调整脸部五官，这真是令人敬佩。要是我，假如有编辑跟我说：“去做个整形，改变下容貌。这样你的书销量会翻倍哦。”我肯定会逃得远远的。不过肯定不会有这样的编辑。

“也许您会怀疑，真有人会做到这种程度吗？其实，想改变自己容貌的人，多半是想改变自己的内心。比如说，想让自己变得更自信、更外向一些。实际上，我们每个人或多或少都有以貌取人的心理倾向吧。”

是枝双手舀起温泉水，畅快淋漓地洗了把脸。据说，这里的温泉对神经痛和风湿病有好处。

“容貌改变了，真的连内心也会发生变化吗？”

“老实说，这没法一概而论。我知道很多整形后人生获得成功的案例，但不能保证一定能有那样的效果。也有客户来投诉，说‘还是以前的样子更好看'，或是'怎么整得和我想要的不一样'。对于这样的人来说，再怎么整都一样。自己无法适应现实，却始终将原因归结于容貌，那再怎么整容也不会满意的。"

"碰上那样的客人，作为院方来说，特别难办吧？"

"我会耐心地解释。这种情况，只能靠对方自己把问题想通。不过，从来没有因此而发生过什么很大的纠纷。"

"通缉犯会为了躲避警方的追捕而跑去整容吗？"

对方露出了疑惑的表情。我向他解释，我是专门写推理小说的。是枝医生听了点点头："怪不得你关心这个问题。好几年前，有一个女犯人改头换面逃亡了十四年，在刑事追诉时效到期的前夕才被抓获。她的医生在毫不知情的情况下，给她实施了整容手术。后来那医生知道真相，倍感责任重大，好像还提出重金悬赏捉拿女犯人。大概是因为媒体大肆报道了这件事，偶尔也有人向我问及这个问题。我的诊所没发生过这种事，不过，也可能有，只是我不知道而已，哈哈哈。"

是枝医生的笑声在室内回荡。他忽然满脸认真地对我说：

"有栖川先生，在你眼里，人的这张面容并不重要吧？"

"不……"我犹豫了，"也不能这么说。如果人的脸只是一个用来区别自己与他人的符号，那现实生活中的许多现象就没法解释了。比如说，有些面孔能给人留下好的印象，有些则相反；有些人非常满意自己的容貌，有些则不然……"

大概是泡得太久，有点晕了，医生在温泉池边坐下，我也跟着坐在了旁边。

“嗯，确实如你所言。不过，信奉‘相由心生’的人没法创作推理小说吧。要是一眼就能看出谁是被冤枉的好人，谁是在伪装的凶手，那就不存在推理小说了，不是吗？”

“对。要是那样，警察、法院也不需要了呢。”

“知人知面不知心，这才是推理小说成立的前提条件吧。去书店看看就知道，推理小说可多了。大家都不相信人这张脸蛋，却又没法对它漠不关心。那张脸真好看，这张脸面相不好；这女人真好看，那男人目露凶光；这人看上去性格温和；那人看上去是个好色鬼……诸如此类。归根结底，人们还是会被不信任的东西牵着鼻子走。关于这张脸演了太多的人间悲喜，你说这怪不怪？”

我从没有想过，推理小说是建立在“知人知面不知心”之上的。平时我也和所有人一样，有以貌取人的习惯。“哇！真是个美女！”“哎！那人看上去很狡猾！”……诸如此类，总是会从外表判断人的美丑。

“人这张脸不过就是骨头上一层由蛋白质构成的薄皮，却有人因为这么一张薄皮而烦恼不已。有些客户老是执着于一些并无大碍的细节，对于这样的客户，我常常和他们说，‘请好好珍惜你们现在的脸’，建议他们放弃整容。”

“那你这生意还怎么做呀？”

“我并不觉得这工作只是修修补补就完事了。我不想给自己惹麻烦，也不想做完全没效果的手术。如果我觉得这客户的问题不在于脸，而在于她的心，我便会好好和她聊一聊。你说你想变成女明星A，但A真的那么完美吗？你不觉得A的魅力并不仅仅来源于她的容貌吗？如果你并不那么认为，那么好，请想象一下你和A换了脸。从今天开始，每当你照着镜子，都将看到A的脸。那样你觉得幸福吗？开心吗？说不定反而会感到焦躁不满，感到寂寞呢！大致这么和客户说，不过并不是像刚才那种教训的口吻，会更加温柔更加耐心一些。”

“那客户能理解吗？”

“一点就通的人，是不会钻牛角尖的。大多数情况下，即便这么说了，对方依然会坚持要修修这、补补那，有时候确实令人头疼。”

我忽然发现自己正不自觉地抚摸着脸颊。我想到了自己的脸，一种不安的情绪在心里扩散：这张自己早已看腻了的面孔，真的是我本来的模样吗？

“我还以为推理小说家并不关注人的面孔呢，看来你兴趣十足呀。不过也是，小说是用来写人的，小说家关心人的面孔也是理所当然的吧。”

我不知道该怎么回答。老实说，我写小说的时候，并不会在脑袋里清晰地描绘出登场人物的容貌，只是构想出一个大致的形象而已。因为就算在头脑里把登场的每个人的脸部特征都构思得清清楚楚，我也没法用文笔把它们如实地传达给读者，干脆就破罐子破摔了。当然，作者在头脑里勾画出的风景、场景，也不可能通过文字向读者完整再现。同时我也很清楚，无法栩栩如生地描绘人物、刻画风景，很大程度上是因为我写作能力有限。

我被健谈的是枝吸引，聊得太过投入，在澡堂里待了将近一个小时。回到房间没过多久，早餐就送了进来。三文鱼、鲜鸡蛋……虽然是温泉旅馆的常规早餐，却让我非常开心。

“一大清早我就在温泉池里泡了好久，和一位非常健谈的客人一起。”

“那位客人说不定也是这么想的哦。”

听了我的话，正给我盛饭的吉井调侃了一句。她这么说也不无道理。

“您说的爱聊天的客人，是一位整形外科医生吗？”

“你怎么知道的……哦，对了，是枝先生说，他时常会来这里歇宿。”

“是的，他说非常喜欢这里的温泉，因此每半年会光顾这里一次来调养生息，还夸奖我们这儿的餐食也很美味。不过或许真实原因是他太忙了，没时间去远的地方旅行而已。他人挺有趣的吧？”

这位医生确实谈吐生风，大概天生善于交际。

“您请慢用。可以中午十一点再退房[①]。在这之前您还可以再去泡一次温泉。”

---

① 日本旅馆、酒店的退房时间通常为上午十点。

再泡估计皮都要涨起来了。不过，难得享受一次温泉度假之旅，我肯定要尽量晚一点退房。坐上电车的话，一下子就回到大阪了。

女侍离开房间后，我打开电视漫不经心地吃着。由于长期熬夜不吃早饭，今早这顿让我感觉特别美味。盛第二碗饭的时候，我不禁佩服自己，昨晚吃了那么多，现在居然还能塞得下！女侍来收拾餐盘时也惊叹道："您胃口可真好。"

早间节目里频频播出关于香格里拉十字军的新闻。一位看似轻浮的新闻播报员正一脸严肃地播报着一些无足轻重的内容：警方接到报警，称疑似鬼家龙造的人物出现在了东京，但最终证实那只是报警人看错了而已；不断有自称是鬼家的白痴在网络上发布爆炸威胁……这样的新闻让我非常反感。

我把频道调至NHK，收看该台九点的新闻。头条居然是执政联盟党派内部一些微不足道的争执。这样的事情希望它们在永田町①内用传阅板②告知一下就好了。难道就没有一条充满正能量的新闻吗？

正当我这么想着，忽然听到女人的尖叫声。

是从后院传来的。副楼吗？

我猛地站起来，走到走廊。透过大明竹和毛竹的树叶阴影，可以望到"松籁轩"。吉井女侍貌似刚从那里飞奔出来，手足无措，东倒

---

① 永田町是日本国家政治的中枢地区。

② 传阅板是日本村镇街道内部的一种信息交流方式。将该地区的注意事项、重要活动等通报夹在板子上挨家挨户传阅。

西歪地从连廊上快步走过。

“出什么事了吗？”

左手边传来一个声音。只见走廊尽头，一个男人和我一样从房间里走了出来。此人正是昨天傍晚在大堂休息区看报纸的“胡子脸”。

吉井从我们的视线里消失了一会儿，然后出现在走廊的一端，朝我们奔了过来，脚步声啪嗒啪嗒作响，毫无女侍该有的矜持。

“请问这是怎么了？”

“胡子脸”向女侍问道。但是她像完全没听见似的，疾风般地从我们面前飞过。“胡子脸”和我目瞪口呆，面面相觑。

“我们过去看看吧！”

他毫不犹豫地朝连廊走去，我也不由自主地紧随其后。那个男人大步流星地走在前面，假山前的水池中传来“咕咚”一声轻响，一条鲤鱼跳了起来，或许连它都被惊吓到了吧。

我们穿过闪电形状的曲廊，来到了小型茶室建筑风格的副楼。房间移门半开着。这时“胡子脸”忽然露出一丝犹豫的神色，看向我，好像在问，随随便便进别人房间好吗？

“应该有住客在里面，闯进去不太好吧。”我说道。

“但是，这不明显出了什么事吗？我们朝里面呼喊一下吧。住在这里的，好像是那个打扮得像隐形人一样的客人吧。”

他也知道了。“绷带男”应该吸引了全旅馆人的注意吧。

“是的，没错。不过叫什么名字我就不知道了。”

“管他叫什么名字……喂！有人吗？请问发生什么事了？”

他朝里面大声呼喊。没有任何回应。

“我们绕到房子后面去看看吧。”

这次我奔在了前面。院子的手水钵[①]里，一片竹叶漂浮在水面上，这景象映入我的眼帘。虽然现场非同小可的气氛让我感到十分紧张，但我还是不禁感叹，这真是一间品位优雅的房间。从右手边绕着房间套廊往里走，就是面朝院子的客房，这里镶嵌着雪见格子窗[②]。透过窗户下面玻璃的部分可以看到房间内的景象。

一个年轻的男子倒在了榻榻米上。他穿着的浴衣和服完全敞开，脸上并没有缠着绷带，眼睛睁得大大的，简直像要裂开了似的，看上去好像正在恶狠狠地瞪着我们。“胡子脸”被惊得大叫了一声，向后退了几步。

“死、死了吧！那个人。”

他用手指着格子窗，声音颤抖地说道。我想告诉他，并不只是单纯地死了而已，这个男人的脖子上还紧紧地缠着一条浴衣和服的腰带。

---

① 手水钵是日本庭院中的常见景观之一。通常是一个石头凿成的小水池，供客人进茶室前洗手之用。

② 日式建筑材料，日语为“雪見障子”。日语中的“障子”表示可拉式纸糊格子门窗，“雪見障子”是在纸糊门窗的下半部分镶嵌上了玻璃。门窗关上时，也能通过玻璃看到外面的景色。特别是冬天，在房间里也能欣赏院子地上的积雪，因此而得名。

4

当地派出所的巡警、宝冢市警察署的警察赶来了，接着兵库县[1]的刑警也来了。在刑警中，我看到了自己熟悉的面孔——曾经在凶案现场碰过好几次面的桦田警部。看到他，我安心了不少。

我正坐在休息区的沙发上，警部看到我，一脸愕然。他用清亮的嗓音问道："有栖川先生，您怎么在这儿啊？我还没和火村教授联系呢。"在这儿碰上我，也难怪他会吃惊。

"我刚巧在这儿。工作刚告一段落，我来泡温泉放松放松，真没想到会在这儿碰上警部您。"

"哦，刚巧啊！"

从警部的背后缓缓走出来一个身影，原来是刑警队长野上。他今天又穿了一件颜色像冬日阴沉天空似的大衣，一开口，语气就充满讽刺。

① 日语中，"县"相当于我国的"省"。

“你刚写完一部凶案侦缉小说，想着来温泉放松一下，结果却遇上了真的凶杀现场，这可真是机缘巧合啊。”

我知道野上对我并无好感。我和我的朋友——犯罪学专家火村英生副教授时常深入凶案现场，插手侦破工作。我们称之为实地调查，而对警察来说，这无异于是外行人闯入了他们神圣不可侵犯的领地。刑警队长性格古板，这对他来说当然不是一件愉快的事情。我能理解野上的这种心情，对于他的冷嘲热讽，我含糊地点了点头。

“联系火村教授了吗？”警部问道。

“虽然有些越俎代庖，我已经电话联系过教授了。他说他今天没课，会立即赶来这里。”

“你这真是安排周到啊。”警部拍了拍野上的肩膀，“开心点儿，上上[①]，我们又能和京都的教授一起办案了。”

野上皱了皱鼻子。

桦田苦笑着对我说：“有栖川先生，听说您已经看过凶案现场了。待会儿我再向您详细询问。”

“行。不过，死者的第一目击证人是这儿的女侍，我只是透过雪见格子窗瞥了一眼。”

“好的。请在这儿稍作等候，我们去勘查一下现场。”

桦田等人离开了。和我一同坐在沙发上的是枝医生小声对我说：

---

① 警部对野上的昵称。原文为“ガミさん”，即“野上”的“上”的读音。

“你和警察认识呀？”

我向他说明了原委——我有一个犯罪学专家的朋友，我和他时常协助警方破案。

整形外科医生顿时兴趣盎然：“大学教授竟然也做这种事，像侦探似的，真是个奇怪的教授。”

“嗯，确实是个古怪的男人。”

“话说回来，你不仅有那样一位朋友，还认识警察，心里相当踏实吧。我刚才一直担心着警方会把我当成犯罪嫌疑人。有栖川先生，你一定得和警察说清楚，我可不是可疑人物。”

是枝话语间充满了畏惧，我也不知道他这话几分是真，几分是假。我们正聊着，后藤领班神色紧张，欠着身子朝我们走了过来。听说旅馆老板娘出远门奔丧去了，并不在家。

“发生这样的事，实在抱歉。警方说要向你们了解情况，请稍作等候。”

我当然没意见，是枝似乎也只能听从安排。

“我今天也没打算回诊所，傍晚前能完事就行。碰上凶杀案，这不也是没办法嘛。话说回来，死者是谁啊？”

后藤依旧欠着身子：“这……我也不知道。”

“不知道？不就是住在副楼的那个人吗？看看入住登记卡，不就知道他是谁了？”

“不……死在‘松籁轩’的好像不是那位客人。”

这个回答是我始料不及的。

“具体怎么回事啊？”我问道。

“今天早上，住在副楼的那位客人出门散步了，至今未归。”

“散步？什么时候？”

“八点过一点儿。我看到了他，和他说，‘您散步去呀，请走好’，他也没回话，点了点头就出门了，现在也不见踪影。”

“那死在副楼的是谁？”

领班一脸茫然。

“是个我们不认识的人。死者不是我们中浓屋的住客，也不是员工。”

“那也太奇怪了吧。”是枝大声说，“那是怎么回事？你的意思是，莫名其妙地不知道从哪儿冒出一个人来，然后这个人还死在了副楼？”

“不是，也不是莫名其妙冒出来的，我觉着他是从后门进来的。只有这一种可能性。”

领班断言死者不可能从正门进来。中浓屋的前台一直有人值守，被害人不可能从前台的眼皮底下溜进来。并且晚上过了十一点，中浓屋就会把大门锁上。

“你说的后门在哪儿？”

作为常客，是枝对这里知道得一清二楚。

“在后院的深处，不大容易被住客看到的地方。我在后院散步时曾经看到过，有一扇门总是插着一个大大的门闩，就是那个吧？”

领班点了点头。

“是的，平时旅馆员工也不怎么进出那扇门。死在‘松籁轩’的那位只可能是从那扇门进来的。”

“也有道理。可是门闩不是插着的吗？难道昨天夜里忘记锁上了？”

“不会，”领班犹豫了一下，“门绝对锁上了的。”

“今天早上也没有任何异常？”我问道。

领班回答道：“是的。”

这到底是怎么回事？难道说，旅馆内部的某个人把门闩拿开，让被害人偷偷溜了进来，之后又将门闩重新插上？能这么做的只有旅馆员工或是住客。这么一来，“松籁轩”里来路不明的“绷带男”自然是最可疑的人选。难道是他将被害人偷偷带进了旅馆？因为某种原因，他们在这里秘密接头，可是，中途发生了争执，“绷带男”将对方勒死，于是早上装作一副出门散步的样子，从正门逃之夭夭。这倒是挺符合逻辑的。

“‘绷带男’是八点以后出门的吗？已经两小时了，估计已经逃得远远的了。”

“唉！我没想到居然会发生这样的事情……”

送走了“绷带男”的领班似乎自感责任重大。当然，没有人会责备他。

“他出门的时候，有没有什么可疑的形迹？比如说，形色仓皇或者衣衫不整什么的？”

“我什么也没注意到。不过，话说回来……虽然这么说确实有点失礼，但是那位客人从入住开始，就可以说是非常可疑？——他把脸都包起来了。”

“除了把脸遮起来这一点之外，还有别的形迹可疑的地方吗？”

“这……”领班倒吸一口凉气，“那位客人简直就是一个谜。听女侍说，他在房间里也戴着墨镜，和在外头一样。除了偶尔出来散散步，剩下时间都窝在房间里无所事事，十分奇怪。像是在等着谁来联系他。但是，他并没有从房间打电话联系过任何人，也没有人给他打过电话。”

“这么说来，他也没去温泉浴场泡温泉喽？”

“温泉浴场二十四小时全天候开放，半夜里想偷偷泡一泡也是有可能的，不过好像他并没有去过。客房里的浴室倒是有使用过的痕迹……”

“绷带男”好像一直在等待某人和他联系？这句话引起了我的注意。他等的这个人，莫非就是在副楼被害的男人？房间的电话没有被使用过，那他应该是用手机和对方取得联系的吧。

“这么看来，入住登记卡上的名字肯定是瞎写的吧。”是枝双手交叉抱在胸前，“会不会写着山田太郎？”

没人会用这么明显的假名吧。住客的姓名本来涉及个人隐私，不能随意透露。不过大概领班觉得反正那也不是真名，便告诉了我们。“绷带男”家住奈良县生驹市，名叫石坂秀夫。这名字听上去倒是煞有介事似的，还和即将赶来的“侦探”同名呢[1]。

“话说回来，被困在这里的不止我们两个吧。”是枝询问道，“这里的客人除我们以外还有多少人？”

“还有两位，是一位男士和一位女士。两位客人都在房间等候。”

男客人是和我一起看到尸体的“胡子脸”。女客人昨天傍晚办理入住登记时，我只看到过她的背影。被警察传讯之前待在自己的房间里确实更自在一些。不过，她不想出来打探一下到底发生了什么案件吗？

“那两位是什么人？”是枝问道。

“这个，有点不方便……”领班含糊其词。

整形外科医生没有继续追问，而是把好奇心转移到了我的身上。

“听说有栖川先生至今为止亲历过多次凶案现场，所以，即便看到了副楼的尸体也能如此镇定吧。现场是什么样子？”

“我压根没想到居然会横着一具凶杀案的尸体，看到的时候，也没能镇定自若，根本没有心思好好地观察。”

不过，一看到吉井那惊慌失措的样子，我就有了不祥的预感，并且也见识过更血腥的场面，因此当时我头脑中也并不是一片空白。虽然没能仔细观察房间内的详细状况，不过还是把几个细节像拍照一样深深烙进了脑海里。缠在被害人喉咙上的腰带绕了两圈，房间移门上

---

① 日语中，“石坂秀夫”的“秀夫”和“火村英生”的“英生”发音相同，都念作“hide o”。

留有指甲的抓痕……说来奇怪，最让我印象深刻的是，那个死不瞑目的男人长相非常端庄。他是一位鼻梁高挺的美男子，如果出演电视剧的话，肯定可以饰演主角吧。

保科辰子用托盘给我们端来了咖啡。从昨天开始，还没喝过咖啡呢，我感激万分地享用起来。她在领班耳边悄悄说着些什么。

“……刑警说了不会耽误很多时间的……”

“……但她说，她什么也没看到，跟她一点儿关系都没有，想赶紧回去……”

可以猜到，那位女客人强烈要求让她现在就办理退房手续。我装作什么也没听见的样子。

我喝完咖啡时，有人从楼梯上走了下来。是昨天那位女士。她提着旅行包，昨天绾在脑后的长发披了下来，刘海凌乱，眼神看上去似乎非常焦虑。

“我没有什么可以说的，还是让我回去吧。”

她是不是有什么急事？听语气好像就算不同意，她也要强行回家。

后藤弯腰低头解释：“真的非常抱歉，田之上女士，恳请您再忍耐片刻，我这就去拜托警察快点结束。”

“刚才刑警已经和我聊过了，他们来房间问了我两三个问题，应该已经可以了。如果还有别的事情需要我配合，你让他们改日来联系我，地址和姓名我都已经写给你们了。”

她每说一句都气势汹汹，但在旁人看来，这举动并不适合她。看得出来她并不习惯挑起是非。这位女士化着淡妆，看上去只是一个普通且老实的女人罢了。

“好吧。那么，为了以防万一，我向刑警请示一下，以免日后给您带来不必要的麻烦。”

“我很急啊，请你等一下再和刑警解释吧……总共多少钱？”

这位叫田之上的女客人，要求保科辰子给她清算房费。正当保科不知所措之时，野上刑警赶过来了。田之上不知怎么了，惊慌失措起来。

“啊，刑警先生。”后藤犹如看到了救星，“这位客人有急事，如果你有话要问她，希望快点……”

“你是田之上绘里女士吧？”

野上并没有搭理领班。女客人一时间沉默不语。她脸色苍白，看上去对突然出现的刑警感到非常害怕。

“我们已经确认过你的身份了。你是卡特罗尔之光，大阪支部事务局的田之上绘里，没错吧？”

听到卡特罗尔之光这个词，在场的人全都怔住了。保科吓得用双手捂住了嘴巴。

“……是的。”

女人终于用微弱的声音回答道。野上满意地点点头。

“不要试图逃离现场，警方密切关注着你们的一举一动。你有什么急事想联系谁尽管联系。”

居然有卡特罗尔之光的教徒住在这里。这么看来，“绷带男”真的和香格里拉十字军有瓜葛？

“绘里。”野上身后传来一个声音，“你在这里做什么？”

声音的主人是“胡子脸”。他脸上显出不安的神情，像块木头似的呆呆地杵在那里。田之上绘里看到他，再次大惊失色。

“……吴先生，为什么你会在这里？”

“你们两人是什么关系？”估计野上也没想到这两人居然认识，他厉声问道，“你是吴阳太郎吧。你也是卡特罗尔之光的成员吗？”

“不，不是，我只是担心她……”

“吴先生，你一直在跟踪我，是不是！我再三请求你别再来烦我了，你却……”

“你说他一直跟踪你？”是枝用手指了指，“这个人是跟踪狂吗？”

“不是这样的，我是担心她……”

“你那是多管闲事！”

整个休息区一片哗然，没人清楚两人之间到底发生了什么。只有那尊大黑天木雕神像，依旧悠然自得、笑容可掬地审视着这一幕。

“关键时刻打扰到你们，真是抱歉。”

这次声音是从玄关传来的。这个声音并不是很大，不过大家都安静了下来，齐刷刷地朝玄关望去。

临床犯罪学专家——火村英生出现在了众人面前。

5

我目送着被抬走的受害人遗体。火村站在我的旁边，手托着下巴，继续观察着凶案现场。他面无表情，眼睛搜寻着案发现场的蛛丝马迹。

“松籁轩”有两个房间，大小分别为六张榻榻米和十二张榻榻米。凶案现场位于后方的十二张榻榻米大小的那间。这儿比我住的房间要气派许多，多宝格置物架上摆放着的香炉、花瓷盘以及泡桐木制的壁龛柱子，每样东西看起来都十分奢华。这使得现场凌乱的被褥以及被害人留在移门上的指甲抓痕更显眼。被害人颈部缠着浴衣和服的腰带，从现场的一片狼藉可以看出，他死前曾拼尽全力挣扎。

房间的东面嵌着日式雪见格子窗，北面的窗户则是西式铝制窗框。透过北面的窗户应该也可以看到后院，但那里挂上了厚厚的窗帘，以至于室内阴森森的。

“被害人的裤子口袋里留有一个钱包。通过钱包里的驾照，我们很快知道了他的身份，省了不少力气。”

桦田警部将一个茶色的塑料材质钱包递了过来。火村戴着黑色丝质手套，将钱包接过。我站在一旁，凑过头去观察起来。

里面有近三万日元。银行卡和驾照都留在钱包里，没有被动过。驾照上的证件照确实是被害人。虽然我只见过其面容扭曲的惨死之状，但是我确定，照片上的那张脸就是他本人。大多数人的证件照拍出来和通缉犯并无两样，但照片上的被害人却是一副性格爽朗的优秀青年模样。

被害人叫相羽德明，二十一岁，户籍地址与现住址都显示为尼崎市东园田。没想到他住得离这儿还挺近的。

“我们通过 104 查号台找到了相羽德明家的电话，打了过去，但没人接听。于是我们联系了尼崎市警察署，得知被害人的住址是一个叫‘Delight 大熊’的单间公寓，现在已经和公寓的管理员联系上了。也知道了他父母的住处，不过挺远的，在美国的西雅图呢，估计最早也要明天晚上才能赶到这里。”

据说，相羽德明的父亲是大型通信器材生产商的技术员，两年前他父母前往美国，他则只身一人在日本生活。

“被害人复读一年，于去年春季考入西宫市东神大学经济系。据他父亲说，今年年初回国时，发现他有些不对劲，整个人郁郁寡欢的。和他说话时，他老是避开父亲的视线，把脸转开。他父亲问他是不是擅自退学了，他也只是否认，其他什么都不说。他父亲也不知道他这到底是怎么了。”

“学生证不在钱包里啊。公寓管理员怎么说？”火村将钱包归还给桦田，问道。

“管理员说，没怎么看过他去学校，还以为他只是经常翘课而已。关于本案，最快的解决方法应该是通过被害人的通信录，向他的朋友了解情况。听说他社交能力极差，好像只有一个朋友。”

这个表达让我十分在意，火村也关注到了这一点。

“只有一个朋友？你的意思是，警方已经掌握了一名死者生前朋友的信息？”

“对。被害人的一个叫幡多的朋友会时常去他家。管理员说，他看到幡多的次数甚至比看到被害人的次数还多一些。相羽德明几乎大门不出，二门不迈，很是奇怪，看起来似乎过着与世隔绝的日子。所以，他那仅有的朋友也许是他和外界唯一的联系。”

从媒体上，我听说过有一些年轻人会完全封闭在自己筑起的保护壳里，不去上学，也不工作，每天待在自己的房间里闷声不响。虽然没有官方的统计数据，但是据说这样的“家里蹲”青年有数十万人。不过，相羽德明到底是不是“家里蹲”，现在判断还为时尚早。说不定他只是一个不太喜欢和他人打交道，喜欢独处的年轻人。

“他入住公寓后就一直那副样子吗？”我问道。

警部把手背在身后，官架子十足。

“不是的。听说刚搬来的时候他认认真真地上学，并且见面了也会主动打招呼，是一个不错的年轻人。好像就是最近几个月里，他突然像变了个人似的。但，具体情况还得当面问了才清楚吧。”

他对大学生活感到失望透顶，所以闭门不出吗？抑或是人际关系上出了什么问题？如果是后者，这极有可能与此次案件有很大的联系。

野上刑警已经赶去向公寓管理员以及死者朋友进行调查取证了。我们稍后也将过去和他会合吧。

“没有在这房间看到住客的随身物品呢。”我对这一点感到非常疑惑，“根据领班的证词，‘绷带男’八点多离开旅馆时，应该没有拎着行李才对。”

“拎着包就不像是去散步了，他是空手出去的。行李的话，只要事先从后门扔到外面就好了。凶手应该是佯装散步，出了玄关后立刻绕到旅馆背面，拾起行李逃走了。虽然没有人目击凶手拾起行李的瞬间，但是对面旅馆的工作人员亲眼看到‘绷带男’八点多从中浓屋出来后朝旅馆背面走去。”

警部条理清晰的回答打消了我的疑惑。于是我点点头。

“哦。这样啊……这点我明白了。但是，这里连一样被害人的随身物品都没有。相羽德明……不太可能是空手而来吧。”

没错，说不定相羽的行李也被凶手从后门扔了出去，带走了。尸体带来的视觉冲击应该早就过了，可我总觉得脑子仍没法正常运转。这也许是在温泉里泡了太久的缘故吧。

火村粗略看了一下六张榻榻米大小的房间，然后走进了散发出柏木香味的浴室。我跟了进去，只见他将身子蹲下，查看起排水口来。他应该是在确认地漏过滤网上是否有毛发残留吧。

桦田警部站在我身后，对火村说道："从那里我们没有采集到任何毛发，凶手一根不漏地收拾干净了。女侍说，因为客人不愿意，她并没有清扫过。"

"凶手逃跑前把毛发都收拾干净了？这一举动耐人寻味啊。"火村蹲在地上，回过头来，"凶手如果是一时冲动杀死相羽德明，肯定会惊慌失措，这种状态下还能想到要把排水口的毛发处理掉，那此人绝非等闲之辈。虽然不好说绝对没有这种可能，但一般是不现实的。"

"你想说，这是一起有预谋的故意杀人案吗？"我插嘴道。

副教授听后轻轻地摇了摇头："我可不会那样妄下结论。我只是想说，'绷带男'把自己的身份隐藏得非常彻底。是不是有预谋的故意杀人，这一点还不清楚。不过连一根头发都不愿留下，从这点来看，他简直就像是一名逃犯。"

"这、这就是说，"我追问道，"你怀疑石坂秀夫是通缉犯，比如说香格里拉十字军的余党？"

"嚯，你这推理真是脑洞大开啊。"火村取笑道，"香格里拉十字军？你这想法从哪儿冒出来的？"

"确实有点脑洞大开，但也未必完全无凭无据吧。这中浓屋旅馆里昨天就住进了一名卡特罗尔之光大阪支部的教徒，就是那位叫什么田之上绘里的女士。"

"啊，我刚到的时候正和人争执的那位呀。但是，并不能确定她和香格里拉十字军余党有联系吧……没错吧，警部？"火村仍然单膝跪在浴室的瓷砖上。

“关于田之上绘里为什么会来这里，目前还在审讯中。我总觉得她说话遮遮掩掩的。看来不仅要查查她在卡特罗尔之光大阪支部内担任什么职务，还必须弄清她作为教会成员的活动轨迹。就我个人感觉来说，她看上去不像是那种会搞恐怖袭击的人……不过正因为是邪教组织才会让正常人也丧失理智吧。”

火村开始检查起房间内配备的香皂盒、洗发水、护发素等物品。这些东西明显有被使用过的痕迹。女侍吉井也说过，这间屋子的住客好像并没有去过温泉浴场，而是使用了房间里的浴室。浴室里有泡过澡的痕迹，然而地漏的过滤网上却连一根头发也没有，这说明客人自行打扫了。

“有栖。”副教授挠挠头，他还没到年纪却长了不少白发。“你会在这种浴池里刷牙吗？”

这问题没头没脑的，我一时丈二和尚摸不着头脑。不过很快我就明白了。在香皂盒的旁边摆放着一只牙杯，似乎是从洗漱间拿过来的，而那只牙杯里还竖着一只牙刷。

“我才没有那样的癖好，但这位住客似乎是一边泡澡一边刷牙呢。”

“这也太奇怪了吧。”

“嗯，我也觉得挺奇怪的。”

如果是躺在较浅的西式浴缸里，这还是可以理解的。然而，这里可是日式的柏木浴桶，一边将热水没过自己的肩膀，一边刷牙——想想都觉得滑稽可笑。

火村站起来，伸了伸腰。

“那‘绷带男’真是个奇怪的家伙，他到底来这里干什么？”

“为了和相羽德明秘密接头呗。从前天开始就蛰伏于此。”

“是吗？如果只是为了秘密接头，比起这偏僻的旅馆，城市里繁华地段的酒店更为合适吧。那里更为方便，也不容易引起别人的注意。完全没必要偷偷摸摸地让对方从后门进来。”

“可是，如果不是为了秘密接头，那干吗住在这里？难道是偷偷摸摸地在等待谁的出现吗？”

“就像吴阳太郎一样吗？”警部问道。

我猜到吴是在这里等待田之上，但我并不知道他这么做的目的是什么。

“吴和田之上为恋人关系，差一点儿就订婚了。但是，自从田之上加入了卡特罗尔之光，两人之间产生了矛盾，今年田之上提出了分手。吴说他想和田之上好好谈谈，重归于好，因此在这里等待她的出现。”

“吴知道田之上会来这里吗？”火村问道。

“田之上的一个朋友同情他，偷偷告诉他，‘绘里好像将于三月三日左右入住猛田温泉的中浓屋旅馆’。待会儿您亲自问问他们吧。他们俩现在情绪已经稳定，并且十分配合。教授，在这之前，您是否要和女侍谈谈？”

“嗯。不过，我想先去后门看看。”

我们走出浴室，回到了六张榻榻米大小的那间房间。刑侦人员正在继续指纹采集工作。

警部向其中一人问道："进展得怎么样？"

身穿蓝色制服的刑侦员面露难色："没找到指纹。这间房间——包括壁龛的柱子，还有多宝格，全都被擦拭过了，连一点儿指纹都没留下。"

"估计凶手并非在行凶之后，而是在事前就已经把指纹擦掉了吧。"警部不以为意地说道，但这却引起了我的注意。嫌疑人"绷带男"十分小心谨慎，入住登记时起就一直戴着手套，连排水口的毛发都不留下。他为什么要将整个房间里的所有指纹都抹去了呢？就算他单独一人时会把手套摘下来，那也不至于在房间里到处乱摸吧。这和他犹如通缉犯般的小心谨慎相矛盾。犯罪学专家一言未发，他心里又是怎么想的呢？

勘查完现场，我和火村一起从后院绕到副楼的背面。旅馆外围大煞风景的砖头墙被巧妙地隐藏在了竹子之中。墙高约两米，上面装有带刺的铁丝，以防止不法分子翻墙进来。应该是旅馆里面的人从后院把相羽德明放进来的吧。后门出乎意料地结实，门闩也重得吓人，不用两只手都拿不下来。我打开门确认了一下外面的状况。后山的斜坡近在眼前，看来这里几乎不会有行人经过。几位刑侦人员正蹲在山间土路上搜查遗留物品。

"'绷带男'会不会以前在中浓屋旅馆住过呀。他能想到让相羽从后门进来，两人在副楼秘密会面，那应该事先就对旅馆内部和外部的情况了如指掌吧。”

“说不准是相羽以前来住过。”

我不赞同火村的观点。“我觉得就是‘绷带男’以前来住过。所以，他担心旅馆工作人员对他有印象，才把脸遮起来的，不是吗？”

“只是把脸遮起来的话，戴口罩和墨镜就足够了吧。用绷带一圈圈裹起来，这有点做过头了。假设你的推理正确，那这家伙肯定是这儿的常客，比方说，刚才在玄关见过的那位叫是枝的整形外科医生。”

这家伙说话真奇怪。难道他觉得“绷带男”和是枝医生是同一个人吗？

“今天火村教授的推理一上来就非常大胆呢。但是枝医生这么做对他有什么好处？难道你想说他是为了伪造不在场证明吗？那他真是想了一个非同寻常的招数。”

“有栖，你看到过‘绷带男’和是枝同时出现吗？”

这……倒是没有。

6

野上在其下属远藤的陪同下前往位于猪名川边的“Delight 大熊”公寓。在公寓管理员的房间，他们向该公寓的产权人大熊进行了调查取证。大熊为该公寓的房东兼管理员，他头发斑白，剃着板寸头，非常健谈。对于房客的意外死亡，他显得有些难以置信。

他非常坦诚地讲述道：“肯定是发生了什么事。他原本是一个普普通通的大学生。从去年年末开始，整个人慢慢发生了变化，把自己关在屋子里，几乎不出门，也不去学校，好像也没打工。估计他父母会定期给他生活费，所以房租倒是从未拖欠过。但是，我感觉他日子过得挺苦的。我半夜在车站附近的便利店里碰到过相羽几次，每次都看见他买好多方便面和速食食品。这么看来，他的饮食生活非常不健康。而且，他买东西时的打扮也十分奇怪，大半夜的居然戴着一副大墨镜——便利店抢劫犯才戴那样的墨镜吧。那个时候，我就担心，相羽这到底是怎么了？他到底要与世隔绝到什么程度啊？他整个人就像是闭关自守的隐士一样。我认为他变成这样一定有某种原因。”

“你觉得具体是什么原因呢？”野上一边喝着大熊沏好的茶，一边问道。

“这……我也不知道。最近，卡斯特拉、香得里拉什么的危险宗教团体闹得满城风雨的，估计受这个影响，住在这儿的房客中有人怀疑，说相羽是不是加入了什么奇怪的宗教团体，变成了‘宅家信徒’。我看不像。如果是参加了什么宗教团体，肯定得出门参加宗教集会吧，并且我从没有听到过他在房间播放什么诵经念佛的奇怪磁带。也有人说，他是不是欠了债，害怕追债人，所以躲在屋子里不出门？如果真是那样，那肯定会拖欠房租呀。还有，如果真是害怕追债人，肯定会逃得远远的，而不是窝在家里。还有人说，他是不是在躲避他疯狂的爱慕者？相羽确实是个美男子，不过，光是为了逃避一个女人，他这么做也太夸张了吧。另外，还有人信口开河，说相羽是不是杀了人呢。”

“这有什么根据吗？”野上皱了皱眉毛。

“哪有什么根据。”管理员苦笑道，“这儿的车站附近发生过一起杀人事件。他们毫无根据地把相羽和这件事扯在了一块儿。准确来说，那不是故意杀人，而是意外伤人致死。半夜里，两个男人吵架，其中一人被对方用刀给捅死了。现在车站前还立着一块牌子，写着‘若有知情者，请联系警方’，看来还没抓到凶手。所以他们就瞎说，说那是相羽干的。”

做着笔记的远藤，从记事本上抬起手来，用笔尖指着大熊。

“喂，那起杀人案是今年年初发生的吧？好像是……一月中旬……”

“是的。相羽是去年年末开始不对劲的，时间上也不吻合。所以我刚才说了，那都是些无凭无据的谣言。”

“也就是说，这公寓的房客都注意到了相羽德明的奇怪举动……”远藤小声嘟囔了一句便不再说话，专心记起笔记来。

野上又大声啜了一口茶。“但是，如果每天那副模样，生活中肯定有诸多不便。即便一日三餐可以用便利店买来的速食食品打发，也可以不出门玩乐，但人活着还需要很多其他的东西。这些东西不可能全都在便利店搞定，有时还需要去银行或者政府部门，这些事情，相羽如何解决呢？”

“所以呀，这些事都是我之前说的那个叫‘幡多’的人来帮忙处理的。他们好像读大学之前就认识，是好朋友。关于相羽被杀的事，说不定他能提供重要的线索。”

在相羽房间发现的通信录里写着幡多瑛助的联系方式。他住在离这儿步行十分钟左右的出租公寓内，现在人去了大阪，已经通过手机联系上了。

“幡多经常来吗？”

“我经常看到他，大概一周来两次吧。他们经常点两人份的外卖。和相羽不同，幡多是个性格开朗、善于社交的男人。”

“哦，原来是靠朋友帮忙呀。一个人独居还每天不出门，果真还是有很多不方便的地方。”

“不过，时代变了，也没什么特别不方便的。宅在家里，通过网络可以买到全世界的各种东西。相羽那经常有快递包裹寄来。他每天宅在家里，对快递员来说自然是件好事。”

“知道他买了些什么吗？”

“大大小小的，种类繁多。从快递包裹的外包装来看，感觉他并没有购买什么奇怪的东西，都是些衣服、书、CD之类的……有时候还有些地方上的土特产，比如北海道的螃蟹什么的。对了，还有各种口味的本地啤酒……嗯……他并不是光吃速食食品，也吃了不少好东西呢。我收回刚才那句‘他日子过得挺苦的’。估计他父母给的生活费不少，听说他父亲是大公司的技术员。”

关于相羽的私生活，管理员将自己知道的已经和盘托出了。野上转而向其询问相羽昨天晚上到今天早上的行踪。

“这个嘛……平常他到底在不在家，我都不清楚，就更不知道他什么时候出门的了。清晨被杀，这说明他是半夜出门的吧。不过我没看到他出门。”

“大熊先生，你最后一次见到相羽是什么时候？”

“大概是四天前吧……啊，不对，是昨天！大概是晚上九点。我看到他还是戴着那副大墨镜，手里拎着便利店的袋子回来了。我向他打招呼，他低着头，只回复了一句‘天好冷’……你问我确定吗？我非常确定。”

野上注意到了这一证词，他必须彻底弄清楚凶案发生前被害人的行踪。

“平常也不清楚他到底在不在家，那他最近都不在家这种可能性也是存在的吧。”

“相羽不可能外出的。”

“我只是说有这个可能性。说不准他偶尔外出，结果遇上了麻烦，导致他最终丢了性命。”

“不，他没有外出，四天前我见到过他，前天的傍晚还来了快递包裹。如果他外出了，快递员应该会把包裹寄存在我这里。”

“什么包裹？”

“警察先生真是对什么都好奇，什么都想知道呢。嗯……是个大物件。啊，对了！是一棵观叶植物。搬进来的包裹外包装上画着植物的图案。大概他觉得房间太单调了，所以买了植物吧。”

野上想起来，在调查位于二楼的相羽房间时，在窗户旁边确实摆放着一盆小叶橡胶树。房间里还有一个叠好的硬纸箱，快递运单已经被撕毁了，但是通过箱子应该可以找到负责配送的快递公司。

“啊，对了，前天幡多来了，你们也问问他吧。”

“好的。除了幡多，还有其他人来找过相羽吗？”

“我印象中是没有的。”

“信件方面呢，有什么可疑的地方吗？”

大熊很肯定地摇了摇头。

“哪位房客收了哪些信件，这点我不清楚，也从没留意过，这属于个人隐私。再说了，邮递员都是把信件直接放入信箱里，我也没机会偷窥。我这儿住的大多是单身男士，能有多少信件你们也清楚，几乎都是些商品广告什么的。”

“这样啊……相羽和其他房客之间发生过争吵吗？”

“没有。他总是一个人安安静静、小心翼翼的，根本不会和别人发生争吵，最多只是有些人拿他那奇怪的大墨镜半开玩笑地说三道四而已。”

野上摸着下巴陷入沉思。为什么相羽也戴着墨镜？两天前出现在中浓屋，今早又突然消失的“绷带男”，据说也戴着墨镜。并且这两个人还要秘密会面。为什么他们都抗拒露脸呢？这里面肯定有什么猫腻。

刑警队长停止了提问。就在这时，有人按响了门铃。大熊通过房门对讲机询问是谁，对方回答道：“我是幡多。”野上非常诧异，他们之前和幡多瑛助约好的是在对方的公寓碰面。

“你来得正是时候。”管理员打开门，招呼他进来。看样子他是骑摩托车赶来的，腋下夹着一个全覆式头盔。

“关于相羽的案子，警察刚好过来了。请把你知道的都告诉他们。”

“哦，这样呀，那刚好他们不用来我家了……你们好，我是幡多瑛助。”

这个男人脸部轮廓清晰，长得很像拉丁人，虽然长得不高，但身姿挺拔，可以算是个美男子。他把头盔放在脚边，脱下羽绒外套挂在椅子靠背上，然后一屁股坐了下来。刚收到朋友的噩耗，他的举止却相当平静。他红色羽绒服里面穿了一件黑色毛衣。

“刑警跟我说要过三十分钟左右才到，所以我来管理员这里问一下情况。一直闭门不出的相羽居然在猛田温泉的副楼被杀了，电话里听到这个消息，我都蒙了。这真是太莫名其妙了。”

“具体情况你问刑警吧。”大熊站起身，“我出去打扫一下。我不在场，幡多更方便说话吧。十五分钟以后我再回来。”

考虑得真周到。管理员一离开，野上就接二连三地向幡多发问。首先是关于他和相羽德明的关系。

两人是在高中一年级的时候认识的。他们都参加了广播社团和乒乓球社团，在两个社团里经常见面，关系便逐渐融洽起来。尽管不是同班同学，倒也成了亲密无间的朋友。高中毕业后，幡多考了东神大学经济系，而相羽则是复读了一年才考上的。幡多家在伊丹[①]，其实没必要出去租房子，不过他不想待在父母身边，于是自己租了单间公寓。

“你说伊丹市……那里不是有一位叫幡多浩助的国会议员吗？”野上嘟哝了一句。

“是的。”穿着黑毛衣的幡多回答道，“参议院议员幡多浩助是我的父亲。只不过，我在家排行老二，是个不肖之子。我不打算当政治家，也没那个能力。”

他那说话的口气，似乎在暗示自己是一个不继承家业、特立独行

① 伊丹是日本兵库县东南部的一个城市。东神大学所在的西宫市也位于兵库县东南部。

的人。幡多家是当地有名的土豪，瑛助算是一个标准的富家少爷吧。

“比起我的个人信息，你们关心的是相羽吧……那家伙大概去年秋天开始突然自闭起来，连学校都不去了。他的学籍还保留着哦，只是办了休学手续而已。究竟是什么原因导致闭门不出，他完全不愿意说，真让人觉得莫名其妙。我和他认识时间较长，家里也近，放心不下，所以经常过来看看他。准确来说，可以算是来当他的护工吧。陪他聊聊天，替他买买东西，有时还帮他借想看的影碟。”

“可管理员说他态度发生变化是在去年年末呀。”野上插嘴道。

“完完全全把自己封闭起来是在十二月中旬吧。不过，从十月底开始就已经有了征兆。起初我没太重视，以为只是他的五月病[①]来迟了一点而已，没想到这么严重。我一直照看他，还期待着哪一天他能突然重新振作起来。”

“和他关系最好的就是你了，连你都完全猜不到是什么原因吗？”

“猜不到，完全莫名其妙呀。”

莫名其妙——这词貌似是这个年轻人的口头禅。

“相羽每天把自己关在房间里做什么呢？”

“没做什么。总之，他就是想彻底断绝与社会的联系吧。一整天，看看电视或影碟，听听音乐，打打游戏，看看书和杂志，还会上上网。他就这样漫无目的地打发时间。”

---

① 日本四月底到五月初有一个长达一周以上的黄金周。有许多人休假过后，不想去上班或上学，出现轻度忧郁、身体不适等症状。日本人把这种现象调侃为“五月病”。

“他喜欢摆弄电脑对吗？”

“不知道算不算得上喜欢，也许只是没啥事可干才摆弄电脑的。”

“那台电脑……”远藤对此饶有兴趣，“他只是用来浏览网页吗？有没有可能，其实他经常上论坛发帖、聊天，在网上表现得十分积极活跃呢？”

野上是一个电脑盲，他肯定不会冒出这样的想法。不过，刑警队长立刻理解了远藤想说的东西，接过话来：“原来如此。听别人说过，有些沉默内向的人，一到网上，就像变了个人一样。可能是看不到对方的脸就特别放得开吧……怎么样？相羽是不是这样的情况？”

“嗯，怎么说呢……”幡多想了一会儿。“不好说完全不是。说不定他半夜里在网上和完全不认识的人滔滔不绝。”

“他没和你说起过类似的事吗？”远藤继续追问，“比如，在某个论坛里发了帖，结果和别人争得你死我活；或是在某个聊天室里和别人大吵了一架……这些没听他说起过吗？”

“我没听他说过。如果发生了这样的事，我觉得他应该会提到的。”

“也可能他和别人吵着吵着开始互相人身攻击，他说不过别人，自尊心受到了极大的伤害，所以不愿意和你说……野上队长，你怎么看？是不是可以按这个思路来考虑？当今时代，就算你过着隐居生活，也可能和世上某个角落的某个人发生争执。我还听人说，在网络上不需要公开自己的姓名和长相，彼此都不知道对方是什么人，所以一旦在论坛里吵起来，往往口无遮拦，言辞激烈。”

“你的意思是，电脑里的争吵波及现实，从而引发了命案？还会发生这样的事呀……话说回来，如果真是这样，调查被害人的电脑，是不是能翻出他和哪些人吵了些什么的具体记录？”

“可以的，等下我去查查看。”

“这个就交给你了。”

野上转过身来，对幡多说道：“电脑的事先放一放，你知道有谁和相羽有过节吗？”

幡多用指甲使劲挠了挠脖子。“以他的生活圈子，就算他想吵架，也没有吵架的对象啊。他本来就不是那种遭人厌的性格，是一个非常内敛矜持的男生，你们去问一下他高中、大学的同班同学就知道了。也可以问问这公寓的其他房客。”

“他经济上有什么困难吗？”

“他钱是有的。我曾被拜托，帮他取过钱，所以清楚他的经济状况。不能说非常富裕，但他的生活费足够他不用打工，也能过得好好的。当然啦，他一直把自己关在房间里，应该说过着不花钱的日子才对吧。我担心他太节省伙食费，要是营养不良就糟了，所以有时也请他吃顿好的。不过，就算我邀请他去外面吃顿大餐，他也不愿意出门。没办法，我只好要么点些外卖，要么通过网络或电话订购些土特产给他。”

“的确病得不轻啊。你没带他去找医生或心理咨询师问一下吗？”

“我有示意过他，但是，他很抗拒去找医生。我总不能在他脖子上套上绳子把他拽去吧。”

“究竟是为什么呢？他本人不觉得这样闭关自守很痛苦很难受吗？”

“看起来他一点儿也不开心，苦恼着呢。即便这样，他也不愿意去看医生。也不是单纯地不愿意去看精神科，他呀，即便生病了，也不愿意去医院呢。说不准是小时候被医生骗着狠狠地打了一针……”

野上并不认为这是一个很好的理由。

“那会不会是因为他很清楚，自己并没有精神上的问题？他的奇怪举动已经成了这栋公寓楼里一些房客的谈资。听说有些人认为他是犯了事儿，所以才遮遮掩掩，闭门不出。好像还有人直接说，相羽是一月份发生的故意伤害致死事件的行凶者。”

“其他不好说，但‘相羽是一月份那件事的行凶者’这个推理不成立。那家伙从去年的十二月就开始每天戴着那副‘雷朋’特大号墨镜了。”

“嗯，确实如此。大熊先生也这么说过。也有人说，他是不是加入了什么奇怪的宗教团体？”

幡多的脸阴沉了下来，似乎想起了什么。

“……他对香格里拉十字军挺感兴趣的。他曾经很佩服地说，香格里拉十字军是干大事的。他通过网络查阅了和香格里拉十字军相关的网站，还说了一些傻话，比如，‘鬼冢龙造说不定逃到了他关西的出生地，要是能知道他潜伏在哪儿，我要去会会他’之类的。我并不认为他说这些话是认真的，但确实挺不正常，估计是心情太压抑了。”

“他的家人或朋友当中，有没有卡特罗尔之光的信徒？”

“这倒没听说过，应该没有吧。他大多是通过电视、网络获取信息。他对那些在恐怖爆炸中无辜丧命的人漠不关心——这一点太可怕了。他每天独身一人窝在家里，在他看来，发生在人员密集场所的爆炸事件，完全不是他所认知的世界里会发生的事情。”

“原来如此。话说回来，你和相羽最后一次见面是什么时候？”

幡多立马回答道：“那天没课……是前天。我过来问他，有没有什么需要我帮忙的。时间嘛……是下午比较早的时段。我上周送给他一款游戏，那天他玩得正起劲，也说没什么，于是我很快回家了。那天他并没有什么异常，心情还挺好的样子。”

“他有没有提到最近要和谁见面？要去猛田温泉之类的话？”

“没有啊，那天他和往常别无二致。”

“昨天你没来这儿吧，你们通电话了吗？”

“没有。那家伙有手机，但是几乎不用。他偶尔会联系我，说‘你明天过来一下，我想吃寿喜锅’。他也就那种时候，会用用手机。”

“他这意思是说，他想吃寿喜锅，让你去菜场或者超市把食材买来？你真是个大好人啊，那么照顾他。”

“没办法，我不帮他一把的话，说不定他的状态会变得更糟。”

“话虽如此，但连寿喜锅的食材你都帮他买齐，简直就像在哄女朋友开心啊。”

听到远藤这句话，幡多夸张地长叹一口气，说道：“你觉得我们是同性恋吗？真是太有想象力了。这完全误会了。不是我自吹，我可是大家公认的花花公子，你们去大学里调查一下就知道了，女孩子们将向你们提供生动可靠的证词。目前，我和现任女友相处得还不错。从幼儿园大班算起的话，她应该是我的第三十五……三十六任女友。昨天晚上我们还在一起唱了卡拉 OK……我就是这种男人，其实非常忙的。即使如此我也拿出宝贵的时间来照顾相羽，难得有人像我这样看重兄弟情义吧。”

远藤苦笑了一下，旁边的野上却表情严肃。相羽德明身上肯定有什么秘密。但是究竟是什么秘密？让人完全看不透。

真想模仿下幡多的口头禅——真叫人莫名其妙！

7

我们把“黄莺轩”设为案发现场的“专案调查总部”。

“我带他到房间之后，他也不摘掉墨镜、口罩、帽子和手套。在房间里还戴着帽子和手套，让人感觉阴森森的。他说话时隔着口罩，声音含混不清，真是太恐怖了。给他端来饭菜的时候也是，只要我没离开房间，他绝不动筷子。来了温泉旅馆也不去泡一下温泉。他的所有行为都太奇怪了。不对，还有呢……”

女侍吉井被叫到“专案调查总部”，她以惊人的语速把积压在心头的话全都吐了出来。我和火村默默地听着。

“前天，他一进房间就把窗帘拉上了。当时将近傍晚，拉上窗帘也不算奇怪。但是，一般来说，入住旅馆踏进客房后，会第一时间先去拉上窗帘吗？”

我们听到这里也点头表示赞同。

“这简直就像害怕别人偷窥他似的。或者说，像是担心有杀手拿着狙击枪瞄准他似的。但是，朝北的窗户外面什么也没有呀。那里是院子的背面，顶多有几棵松树、一小丛山茶而已。难道他觉得有黑衣忍者躲在树枝上或灌木丛里吗？第二天，我给他端去早饭的时候，窗帘还是拉着的。”

听吉井这么一说，我想起来，今天早上那间屋子的窗帘也是拉上的。

“这位缠绷带的客人——我们暂且叫他石坂吧——石坂入住期间，有表现出很不安的样子吗？”火村问道。

吉井搜寻着恰当的措辞：“嗯……与其说是不安，不如说是他想一个人独处。我把饭菜送进房间时，他也是一副希望我赶紧离开的样子，那位客人简直就是一个谜。”

“他外出过吗？”

“出去过，在这儿住下的第二天上午和傍晚，客人出门散了步。但是出去的时间很短，两次都是三十分钟左右就回来了。应该只是在附近走了走，打发了一下时间。”

“你还记得他每次外出的准确时间吗？”

“只记得一个大概。昨天上午，是十点半到十一点前；傍晚是五点半到六点多一点。”

我一边回想着当时与散步归来的“绷带男”在走廊擦肩而过的场景，一边将吉井的证词写在记事本里。火村掏出骆驼牌香烟盒，从中拿出一支烟，夹在两指之间。

“没去过温泉浴场，散步也是匆匆了事，看来他并不是来放松享乐的。他有对饭菜表现出挑剔吗？”

“没有。不过，那位客人胃口挺好的，每次都吃得一干二净。我回收餐盘时，问他，‘合您胃口吗’，他只是冷冰冰地回答一句‘好吃’。”

“这只能考虑他是在等着和谁秘密接头。”我将自己的直觉脱口而出，“要是害怕被谁追杀而隐身于此，肯定不会出门散步的。”

火村也和我想的一样。“对。问题在于他和谁见面？目的又是什么？关于这点还是一头雾水啊。”

“实在抱歉。”吉井道歉道。

火村一脸认真地说：“这不是你的错。对方太沉默寡言了。还有别的奇怪的地方吗？什么都行。比如说，大半夜房里还一片灯火通明，房间里的日用品有什么异常之类的。”

“没有，什么也没有。我把所知道的全都告诉了你们，也告诉了警察。实在抱歉，没能帮到你们。”吉井又开始道歉起来。

“那我能问一问其他住客的情况吗？听说其他住客登记入住的时间分别为：吴先生是昨天下午四点；是枝先生是四点半；有栖川是五点半；田之上女士则是六点半。在这当中，只有是枝先生是常客吧？”

“是的，一直承蒙是枝医生的惠顾。”

“他这次也是来静养吗？”

“是的。他是我非常熟悉的客人，很健谈，性格温和，是一个好人。”

肯定给的小费也不少吧。

“他有什么奇怪的举动吗？”

对吉井来说，这个问题似乎太出乎意料了，她惊讶得张大了嘴巴。

“您怀疑是枝医生与杀人事件有瓜葛？那绝不可能。他明显是在全身心地享受难得的假期，没有任何可疑的举动。”

“冒犯了，我并没有怀疑他是凶手，我只是想详细了解一下从昨天到今天早上这旅馆里发生的所有事情。医生四点半办理入住登记以后，都做了些什么？”

“他先去了温泉浴场，在那儿泡了挺长时间。六点半的时候，他喝着酒慢慢地享用了晚餐。晚上他又去了一次温泉浴场。”

然后，今天早上六点又开始泡起了温泉，他可真是温泉旅馆的模范客人啊。

“傍晚的时候，温泉浴场中只有是枝医生一个人吗？”

“是的。吴先生确实来得早一些，但他只是在晚饭后去了一次温泉浴场。那位客人刚入住，就三番五次跑来休息区，在那读读报纸、看看电视。当时，我还想着，电视报纸什么的，在房间里也能看呀……”

他是在等待田之上绘里的出现，当然不能一直待在房间里面。

“吴先生和田之上女士的其他情况，我就不太清楚了。他们的房间不是由我负责的。”

“听说，旅馆的工作人员都是今天早上才知道这两个人互相认识的吧。对于这两个人，你记得什么印象特别深刻的事情吗？”

吉井只是默默地摇了摇头。我们礼貌地向她表示了感谢。

“抱歉，没能提供什么重要的线索。”

“哪里哪里。”我说道，“多亏了吉井小姐，我才有了不是‘绷带男’的证明。真谢谢你。”她来我房间收拾早餐餐盘的时候，恰好是早上八点多。

女侍向我们微微一笑便离开了。火村缓缓点燃一支烟。这支烟他拿在手上已经很长时间了。

我讽刺地对他说：“是枝医生真是个大忙人呀。他前天傍晚用绷带遮住脸，化名为石坂秀夫入住旅馆。第二天下午四点半，他又摘掉墨镜和绷带，从后门溜出去，绕到玄关，以真名入住登记，然后去温泉浴场泡温泉。接下来也不顾身体会不会着凉，他又再次打扮成‘绷带男’，于五点半出门散步。六点多回来后，在副楼房间里，他脱下那身伪装用的行头再次变回是枝，又去泡温泉，并以一副刚舒舒服服泡好温泉的样子走了出来……他是在表演歌舞伎的快速换装[①]吗？感觉头都要晕了。”

“为了杀一个与自己秘密会面的人，没有人会愚蠢到做出这么风险巨大又毫无意义的事。”副教授用手肘撑在餐桌上抽着骆驼牌香烟，一脸兴味索然地说道。

“你也觉得这行为相当愚蠢？是枝医生是‘绷带男’这一推理可是

① 快速换装是日本歌舞伎演出中的一个特色。有时一个演员会在短时间内甚至是一瞬间内扮演几个不同的角色。

你提出来的呀。别那么快抛弃掉，负点责任再继续坚持坚持呀。”

“你说的责任从何而来？我只是稍微愚弄了一下推理小说家而已。”

这话真过分。你就嘴上逞逞强吧……不对！我突然意识到，说不定我真的被火村愚弄了，就在这神圣的“实地考察”过程中。这个男人太不正经了。

“你竟然把推理小说家作为愚弄的对象，对此我表示非常生气。”

“我不接受你的抗议。我并没有愚弄所有的推理小说家。”

我们的对话太愚蠢，我也懒得再和他置气。比起在这里闲聊浪费口舌，还不如去和吴阳太郎、田之上绘里谈谈。警方已经安排好了，让我们在吴的房间和他俩当面详谈。

“好了，走吧。”火村好像看透了我的心思，掐灭烟头站了起来。

吴的房间和“黄莺轩”之间隔着一间房。我们站在门外向里面打招呼，吴回应了一声“请进”。

“您原来是推理作家呀，还认识警察和犯罪学专家，真是人不可貌相。”

“胡子脸”背对着壁龛，坐姿由盘腿改成了跪坐。田之上在他旁边正襟危坐着。每次看到她都是不一样的发型，现在她把长发扎了起来。

“你说人不可貌相，那我看上去像是做什么的？”我问道。

“啊？看上去像是做什么的？这个嘛……嗯……举个例子来说，像是来写生的画家、艺术家之类的。”

他想了一会儿才说出来。看来我并不像画家或艺术家。

姑且先不谈这个问题，让我感到吃惊的是，吴和田之上两个人之间的气氛看上去轻松融洽。但就在刚才，他俩还在玄关争论，我们在旁边看着，都为他们捏了一把冷汗。

“虽然我们因为这起可怕的凶杀案不能离开这里，但对我们来说反而是因祸得福。哎呀，人生就是这么妙不可言呢。”

吴的嘴角浮起了一丝微笑，田之上害羞地低着头。这两人之间到底发生了什么？

火村重新自我介绍后，问道：“你说‘因祸得福’是指……”

两个人对视了一下，吴开口道：“我来这儿，是为了和绘里好好谈谈。我们因为工作关系相识，一年前开始交往。今年夏天，我们相互见了双方的父母，即将订婚时，却出现了问题。她是卡特罗尔之光的信徒，她和我说，如果要结婚，希望我也能加入卡特罗尔之光。我拒绝了。我还想着，以结婚为契机，让她彻底远离那个可疑的假宗教。关于这件事，我们俩都考虑得太简单了。因为这个，我们产生了矛盾，就这样不欢而散了。是她提出分手的，我一时冲动就答应了。但是，我还是放不下她……我想和她破镜重圆，可她说，‘要我放弃卡特罗尔之光，那是不可能的’。她对我态度可冷淡了，但我还是不愿放弃。似乎卡特罗尔之光越是遭到社会的批判，越是受到媒体的打击，她的宗教信仰就越坚定。唉，不过，和香格里拉十字军相比，卡特罗尔之光毕竟还披着宗教的外衣。我发疯似的非让她脱离教会，旁观者看来，我也许更像是一个跟踪狂吧。”

吴害羞地挠了挠头，田之上也扭扭捏捏地耸了耸肩。你们俩这是在干什么？

“香格里拉十字军事件发生后，我好担心她。我怕她和那些恐怖分子有瓜葛，怕她和鬼冢龙造产生共鸣。她身处大阪支部事务局，要是被卷入了违法的事情该怎么办？一想到这些，我每天都坐立不安。我们有一个大学时代认识的女性朋友，她也非常担心绘里，时常给绘里打电话。电话里，绘里不小心说漏了嘴，说最近太累了，三月三日休假这天想去泡泡温泉。朋友把这个消息告诉了我，我想着，这可能是个好好谈谈的好机会，于是在这悄悄地等绘里出现。”

“你告诉了朋友住哪间旅馆吗？”我向田之上问道。

田之上小声地回答：“是的，我来就是为了在这儿住一住。”

“有什么缘由吗？”

“很久以前……小时候，和家人在这儿住过。”

她也是回头客啊。不过，只是小时候和父母来过，旅馆的员工肯定不记得她了。

“我在这家旅馆留下了很美好的回忆。虽然说，香格里拉十字军和卡特罗尔之光并没有什么关系，可是那个残忍的恐怖组织确实是从卡特罗尔之光剥离出来的，这是不争的事实。我对此感到十分震惊。表面上我还是坚守着自己的宗教信仰，但内心十分痛苦，感觉身体和灵魂都像被撕裂了似的。所以，我想在这个有着美好回忆的旅馆住上一晚，静下心来，好好思考思考。”

吴又“噌噌”地挠着头，说道：“我倒是不知道这些，只想着在这儿偷偷等着，能和绘里好好谈谈就好了。但同时，我脑中也各种胡思乱想——绘里该不会是在这里参加卡特罗尔之光的秘密集会吧？或者在这里和香格里拉十字军的余党秘密接头？诸如此类。这些想法让我痛苦万分。”

火村面无表情地看着他们。“田之上女士今天早上退房时，见到吴先生吓了一跳吧。你说你在这儿等她，但昨天却并没去找田之上女士，这是为什么呢？”

“我一直在暗中观察，我想知道她为什么来这儿。如果她是香格里拉十字军的共犯，我可不能贸然行动，我不想绘里被警察抓走。如果你问我，要是鬼冢龙造真的乔装打扮跑来这里和绘里碰了面，我会怎么做？这我还真不知道。说起来怪不好意思的，我当时还有一个担心。我担心她来这儿，并不是因为卡特罗尔之光，也不是因为香格里拉十字军，而是跑来和心仪的男人幽会。要是那样的话，我贸然跳出来和她说，‘我们重归于好吧’，那简直就成了跳梁小丑。所以，我昨天一直犹豫着要不要去找她。”

想必他这一夜都魂不守舍、备受煎熬吧。不过，现在他们这样依偎着坐在一起，看来是……

“刚才在大家面前丢脸了，真是抱歉。”田之上说道，“看到来了那么多警察，我一下就六神无主了。虽说凶杀案跟我没有任何关系，但警察稍微查一下就会知道我是卡特罗尔之光的人，这样一来，我一定会受到一些莫须有的怀疑。因此，我打算悄悄离开。就在这时，吴先生出现了，我脑袋里就像升起的烟花炸开了一样……”

两人因为不能离开这里，结果非常意外地有了促膝长谈的时间。在等待警察前来询问情况的过程中，两人坦诚相见，化解了彼此间的隔阂。田之上已经下定决心，回去整理好情绪，退出卡特罗尔之光教会。怪不得吴说他们俩因祸得福呢。看来，当我们和刑侦人员在血腥的案发现场四处搜寻凶案线索的时候，旅馆的另一个房间内正上演着一出不同的戏码呀。

“恭喜你们走向新的开始……不过，这话现在说好像有点不大合适，刑警还在外头忙着呢。”

我向这对重归于好的恋人送出了祝福，但这话说得确实有些不合时宜。火村完全无视我的“失言”，继续他的提问。当问到关于“松籁轩”的客人时，两人亲密地交谈起来。

“我觉得这人挺古怪……”吴说道。

“我没看到这个人，不太清楚。但我去大堂休息区买果汁的时候，听到旅馆员工在小声议论他。当时我也挺好奇的，心想：哎呀，这里还住了这么可疑的人呀。后来领班说，‘看来那人是香格里拉十字军的余党吧’。这话着实把我吓了一大跳。”

“就是嘛。我也在想，鬼冢不可能伪装得那么引人注目吧。”

“我觉得，缠着绷带的话，可能是受伤或生病了……”

“这也未必。对了，说不定此人不是日本人，他皮肤颜色不一样，所以要用绷带遮起来？”

这个假设很独特，可惜错了。根据前台服务员的证词，石坂秀夫的日语相当流利，并且填写入住登记时他毫不介意地摘下了手套，可以看出他并没有刻意要把自己的肤色遮起来的意思。顺带提一句，据桦田警部所说，入住登记卡上的字迹太糟糕，以至于没法进行笔迹鉴定。

“好吧，那只有吴先生目击了‘绷带男’呀。傍晚在休息区时，你看到他从外面散步回来？”火村问道。

吴回答：“不，我着急绘里怎么还不出现，一直在房间和大堂休息区徘徊，所以他出去散步以及散步归来的时候，我刚好都目击到了。虽然我知道这样非常不礼貌，但我一直用报纸把脸遮住，偷偷地盯着他。”

“除了他把脸完全遮起来这一点外，你还注意到其他什么特别的地方吗？”

“特别的地方呀，这个问题还真不好回答。他的脸实在太引人注目了，其他地方就没什么印象了……啊！有一点挺奇怪的。”

“是什么？”

吴抬头望着天花板，应该是在努力回忆。

“哎呀，其实只是个不值一提的小细节。出去散步的时候，他朝我这个方向看了看。我还以为他察觉到我在偷瞄他，结果并不是。他不是在看拿着报纸的我，而是在盯着我身后的大黑天雕像。当然，对方戴着墨镜，没法准确判断他把目光落在了什么位置，但是从他脸的朝向和动作能猜到一个大概。我当时就觉得纳闷儿，一尊木雕大黑天有那么少见吗？”

火村用食指划着嘴唇，眼睛轻闭着，询问道：“‘出去散步的时候’？也就是说，他回来的时候并没有盯着大黑天看，对吧？”

“是的，连瞥都没瞥一眼，直接大步流星地走向了走廊。”

“大黑天、大黑天……这是怎么回事？”副教授喃喃自语道。终于他把眼睛睁开了，说了一句，“谢谢了。”

火村离开房间，径直朝休息区走去，他要去看那尊大黑天。但即便看了，也于事无补吧。我对他的做法持怀疑态度。

大黑天木雕一米多高，放在一个木制的底座上，加上底座刚好有一个成人的高度。木雕雕刻得并不精细，但整体效果非常不错，下垂的脸颊圆滚滚的，肉感十足，衣服上的褶皱也刻画得相当逼真。但是……

“这工艺不至于让人驻足观赏吧。不过，应该挺值钱的。说不定石坂秀夫是个古董商，有一双鉴宝的慧眼。”

“你去问问看。”火村指着正站在前台无所事事的领班说道。我只好照做了。

“啊……那尊大黑天吗？我记不清到底值多少钱了，大概十万日元吧。只是大而已，并不是特别贵。”

后藤的回答否定了我刚才的猜想。然而，紧接着他说出的话引起了我们的注意。

“这木雕看上去很贵吗？说起来，那个叫石坂的人好像也对这尊大黑天挺感兴趣的。”

“‘绷带男’吗？”火村走近一步，问道，“能告诉我，他怎么个感兴趣法吗？有没有走近仔细端详，或者用手去摸一摸？”

“不，这倒是没有。只不过，那位客人入住登记时也好，出去散步时也好，每次经过这里，好像都要看看那尊木雕。当然啦，他戴着墨镜，或许是在看别的东西。”

大黑天后面是白白的墙壁，墙壁上一张海报也没有。火村走近墙壁，在墙上来回抚摩。就算这样，墙上也不可能突然浮现隐藏的文字或图案。

“这到底是怎么回事？”火村纳闷儿地自言自语。他转过头来，但就在转头瞬间，突然表情骤变。他直直地盯着我的身后。我扭过头向后望去，想知道他究竟看到了什么。只见那里挂着一块可以照出全身的巨大穿衣镜，镜子里映出火村和大黑天并排而立的模样。

“……原来如此，是镜子呀。”

火村好像明白了什么，不过他脸上的疑云并没有完全消散。他再次用食指划着嘴唇。我在旁边默默注视着。

“我有话要问是枝医生。他的房间在哪里？”

“在二楼。”后藤条件反射地答道。

话音刚落，火村就已经上了楼梯。

“你又重新怀疑那位医生了吗？”我在他背后问道。

“没有。”火村回答，“我想和他谈谈人的面孔。”

8

下午两点，幡多瑛助准时出现在了阪急线梅田车站的检票闸机口。我和火村则是提前十分钟到达的。他看见我们也不寒暄，直接来了一句："我挺准时的吧。"他说这话时，倒也没有显示出骄横的态度，但一般来说，即便是对方擅自提前到达，也会客套一句"让您久等了"。看来这人有些特立独行。

"已经过去一周了啊。我们现在去哪儿？找个能好好说话的地方比较好吧。"我说道。

"我早就想好了。"他说着，径直走向了下行的电梯。

他朝着茶屋町[①]的方向走去。我以为我们要被带去一家他熟悉的咖啡厅，没想到目的地居然是一家挂着花里胡哨招牌的卡拉 OK 店。

"这可是进行秘密会谈的最佳场所。咖啡厅的话，太喧闹的店，没法静下心来沟通；太安静的店，又得担心说的话被其他客人听了去。

① 地名。位于阪急线梅田车站的东侧。

看！这个时段价格还特别便宜，与在高档酒店的咖啡厅喝杯咖啡的价钱相差无几。”

幡多竖起三根指头，对前台说：“三个人，暂且一个小时。”

“学生会约你来这种地方吗？”前往二楼房间的途中，我小声向火村问道。

副教授一脸认真地回答道：“不会呀，我都是一个人来唱卡拉OK。”

我脑子里浮现出他跟着伴奏，一个人唱着《天国的阶梯》的场面，不禁愕然。这时，副教授又来了一句：“你不会当真了吧。”我的提问就这么被他糊弄过去了。

大概因为是中午，客人较少，我们被带进了一间大房间。如果是周末的晚上，这里应该可以塞进十来个人吧。最新的流行乐曲从音响中流淌出来，不过声量不大，不用在意。点歌机的屏幕上播放着热带海景的影像，上面写着“请点播曲目”。

店员为我们端来了咖啡，微笑着说了一声“请慢用”，便转身离开了。坐在我们对面的幡多忽然将两手撑在桌子上，朝我们探出身子。“不好意思，忽然把你们叫来。我有些事想向你们打听。我手头有你们的名片，但是该不该打这通电话，我还是犹豫了好久。”

“向我们打听？哎，我还期待着你能给我们提供新的线索呢。”火村冷冰冰地说道。

幡多将我们俩依次打量了一番。

“我想知道，警方的调查工作正朝着什么方向进展？”

“你很在意？”

“是的，非常担心。我担心，警方的调查正朝着错误的方向进展，以至于离事件的真相越来越远。”

“‘错误的方向’是指……”

“这……”幡多咬着嘴唇。他盯着从杯子里升腾起来的水蒸气，思考着该如何回答这个问题，“……我直说了吧。我感觉警方在怀疑我。这几天，他们老是晚上九点出现，反复询问那些我早已回答过的问题。他们想引诱我露出破绽吗？再这样下去，我晚上做梦都得梦见那些刑警了。”

“你和被害人相羽先生走得最近，警方把希望都寄托在你身上了，也难怪他们不断地向你提问。你只能再忍耐一阵子了。”

“关于相羽，他们问什么都行。可是，实际并非如此。非常明显，他们关心的对象是我，我打工的工作、我的交友情况——包括我的异性朋友、我的车、我的摩托。他们甚至还打探我的经济状况，太过分了！还有更过分的……”

“他们还问了你三月二日到四日的行动轨迹，没错吧。”

幡多深深地点了点头：“听说相羽是被入住旅馆副楼的‘绷带男’杀死的。那家伙在旅馆登记入住的时间是三月二日的傍晚。这很明显，警察怀疑我就是那个‘绷带男’。我居然会被问到好友被害时的不在场证明！我怎么可能会杀害相羽呢！真是的，莫名其妙嘛！”

“哎呀，你别那么激动……我可以抽支烟吗？”

“只要不是一支接一支地抽个不停，倒没关系……嗯，那个，总之，我想知道现在到底什么情况？我是在被警察完全怀疑，还是只是作为嫌疑人之一，走个形式而已？能告诉我一下吗？二位一定清楚吧。”

“你没想过直接去问刑警吗？”火村点上一支骆驼牌香烟说道。

“他们不会说真话吧。即便质问他们是否在怀疑我有杀死相羽的动机，我也不觉得他们会明确地回答我‘YES’或者‘NO’。所以我只能向二位……”

“警察不能说的东西，我们也没法透露。你可别怪我们。”

幡多显得有些焦虑，他咬着嘴唇，不自觉地抖着腿。这样僵持下去，真不知道双方为何要挤出时间来见面了。

“你有不在场证明吧？二号下午五点至深夜，你参加了大学同班同学的聚餐，地点在西宫站北出口处的居酒屋，所以不可能在当天六点扮演缠满绷带的怪人去猛田温泉。另外，第二天——三号，也有人看到你去了学校，还上了第三节的德语课。”

“就是嘛，我跟‘绷带男’没有任何关系。”

“但是，你并没有三号深夜到四号早上的不在场证明。警察很在意这段空白时间里你做了些什么。”

“太荒唐了吧。凶手不是那个入住旅馆副楼的‘绷带男’吗？我很明显不是那个人啊。”

火村举起一只手，安抚着议员的儿子：“警察有警察的考虑嘛……

关于三月二日到四日的不在场证明先放一边，警察还问了你其他日子的行动轨迹吧？”

幡多将拿起的杯子又放回了杯托上。

“您知道得真清楚呀。二位果然是和警察一起在调查案子……是的，警察问了我，一月十日晚上在什么地方、做了什么，真是莫名其妙。我反问他们那天发生了什么，他们却只是含糊其词。我不明白他们的用意，随口回答‘记不太清了’，结果他们窃笑着说，哦，这样呀。他们是在拿我开心吗？”

“你真的记不清了吗？”

“那是很普通的一天，我应该在家里看电视吧。他们为什么想知道那天的情况？至少应该先把理由告诉我吧。”

“我来告诉你吧。”

火村语气非常轻松，这让幡多十分诧异，惊讶和慌张的情绪都显露在了他的脸上。

“园田车站附近，有两个素不相识的年轻男子发生争执，进而升级成故意伤害致死案。这个案子你有印象吗？至今，车站前还竖着一个公告牌，上面写着：‘若有知情者，请联系警方。’那个案子就发生在一月十日晚上十一点五十分左右。也就是说，警察正怀疑你就是那起故意伤害致死案的凶手。”

“莫……”幡多眼珠子瞪得溜圆，“莫、莫名其妙！”

“有目击证人看到了从现场逃走的凶手，据说身材和你很像。”

“和我很像……我这样身材的男人比比皆是吧。”

“确实。相羽的身材也和你差不多。”

我屏住呼吸在旁边听着两人的对话。

幡多的表情像是喉咙里卡住了什么东西似的，他低声说：“是啊。那为什么怀疑我？只要是身材相似的男人就会成为警方的怀疑对象吗？”

“不，也不是。只是在调查你的时候，一月份的那件故意伤害致死案也被牵扯了出来，警方怀疑会不会是因为这个。”

“‘因为这个’是什么意思？”

幡多惶惶不安起来。火村掐灭了烟头，注视着对方的眼睛。

“你杀害相羽德明的动机啊。你被相羽捏住把柄了吧？警方仔细对比了他父母给他寄来的生活费和他实际上的生活开销，金额上相差很大。相羽自身的收入为零，这是不争的事实，那说明有人把这相差的部分给补上了。第一人选就是你了。警方已经掌握了汇款记录，你分三次给他的账户汇了将近五十万日元，汇款日期都是一月十日以后。警方怀疑你被他敲诈勒索了，但是不清楚他到底是用什么敲诈你的。”

“警方并不清楚他是以什么进行敲诈勒索的，不是吗？还有，也不能断定一月份那件事就是我干的……啊，不，我可没被他敲诈勒索。那家伙太可怜了，我只是借给他钱而已。居然误会我，太气人了！”

“是吗？那你理直气壮地回复警方就好了，没什么好害怕的。怎么样，我给你提供了非常有用的信息吧？”

幡多用手擦了擦额头上的汗。然而，房间里空调的温度并不是很高。

我开始担心起来，把警方的侦查工作进展如此翔实地告诉犯罪嫌疑人是否有些不妥？

“嗯，火村教授，真感谢你，你太厉害了。你说得对，没什么好害怕的。再说了，我根本就不可能出现在中浓屋。”

“可能的。”

这男人刚放下心来，火村却毫无预兆地给了他一记“暴击”。幡多的身子微微颤抖了一下。

“你并没有不在场证明，完全有可能是那个‘绷带男’。”

“教授，你说些什么莫名其妙的话呢？那家伙办理入住登记的时候，我在参加班级的聚餐，这可是板上钉钉的事实。刚才你也说……”

“啊，办理入住手续的不是你，相羽德明才是‘绷带男’。因为没人看过‘绷带男’的脸，所以发现遗体时，旅馆的员工也没注意到他们是同一个人呢。”

幡多又将手撑在了桌子上，他身体稍稍站了起来。

“相羽不可能是‘绷带男’！那天下午，我和他碰过面。”

“即便你说的是真的，他出现在旅馆的时间可是傍晚六点。”

“那天傍晚，那家伙在家里。他亲自收取了快递包裹。”

“确实是有人收取了一个在网上订购的观叶植物。但是，现在只知道那个包裹是由一个戴着大墨镜的年轻男人收取的，还不知道这个人到底是不是相羽呢。”

“不是相羽那还能是谁？”

“你呀。其他人不可能出现在他房间里。你下午早早地来到他的房间，一直待在那里等着收快递。那个观叶植物估计也是你订购并预约的送货时间吧。”

“胡说八道！就算是那样，可相羽在三月三日晚上已……”

火村厉声打断幡多：“够了，你先安静地听我说完。你没有可以撇清关系的不在场证明。‘绷带男’就是你和相羽二人扮演的同一角色。首先，在二号下午六点，相羽把脸全部遮住入住登记，而在同天傍晚，在他房间收下快递的戴墨镜的男人则是你。相羽在中浓屋的副楼住了一个晚上。第二天，‘绷带男’两次外出散步。上午那次，应该是相羽为了打发无聊的时间；第二次是在傍晚，相羽利用这次外出，在人迹罕至的地方和你互换了身份。你变成‘绷带男’回到旅馆，而相羽则戴着眼镜和口罩，返回了‘Delight 大熊’公寓。所以，晚上九点左右，公寓管理员所看到的是从猛田温泉回到家的相羽，而你则在中浓屋的副楼度过了三号的夜晚。相羽回到住处后，马不停蹄地开始了下一项行动。你吩咐过他，必须在天亮前返回中浓屋，届时你会领他从后门进入副楼。于是相羽按照你的指示，来到副楼，并在那里被你杀害了，而你则作为‘绷带男’逃跑了。这样说得通了吧？”

“我这么做……有什么意义……”

“你的目的就是把嫌疑全部推到可疑的‘绷带男’身上。‘绷带男’

是一个不存在的‘隐形人’，警察再怎么找也绝对抓不到。你让被害人亲自参与，与你一起创造了那个‘隐形人’。这个主意很大胆，也很狡猾。野上刑警来调查取证时，你故意和他说相羽好像对鬼冢龙造等人颇有好感，顺利的话，你就能让警察误以为，相羽秘密会面的人是香格里拉十字军的余党。这就是你的如意算盘吧……你别插嘴，我还没说完呢。案发现场有一个地方令人费解。‘绷带男’把副楼房间里的指纹全部擦掉了——这点非常奇怪。明明戴着手套，为什么他还把房间擦了个遍呢？这是因为‘绷带男’有两个人。你命令过相羽不能在房间里留下指纹，可是他有没有百分之百地执行命令，你就无从知晓了。所以，你自己住的那个晚上，卖力地把壁龛的柱子、电视什么的全都擦了个遍吧。这出两人饰演同一角色的戏码要成立，必须依靠相羽本人的配合。另外，三月二日在‘Delight 大熊’公寓戴着墨镜，假装是相羽的男子，除你以外别无他人。‘绷带男’就是你跟他的合力之作。”火村口若悬河，滔滔不绝。

幡多“砰”地拍了一下桌子。

“莫名其妙！相羽大门不出，二门不迈，他凭什么听命于我，跑去乡下的猛田温泉？来来回回好几趟，最后一趟还像小偷似的从后门潜入旅馆。他为什么会那么听我的话？”

“说服一个‘家里蹲’出好几趟门，肯定费了不少气力吧。你到底是如何说服他的我就不知道了，有可能你含糊其词地蒙骗了他，比如说‘你只要帮我做这件事，就能得到一笔钱，不犯法，也没什么危险’……”

“你这才是含糊其词呢，完全是胡说八道。你这是在找我的碴儿，找碴儿！”

幡多亢奋起来。甜腻的抒情歌曲在室内飘荡，和现场的气氛非常不搭调。

“相羽德明急需用钱吧？”

“那家伙的父母会给他寄生活费。他不缺钱，也没必要敲诈我！”

“哦，是吗？比如说，他正在筹措手术费？”

“手、手、手术……”

幡多的舌头都打结了。火村乘胜追击。

“关于你的朋友为什么掩面自闭，我们已经知道其中缘由了。他在作为‘绷带男’住在中浓屋的短暂时间里给我们留下了一些线索。其一，他居住期间用窗帘将窗户严严实实地遮挡起来；其二，他不在洗漱台，而是在浴室里刷牙；其三，他十分在意放在休息区的大黑天木雕……第三点得换一种说法，之所以在意大黑天木雕是因为木雕对面的墙上挂着一面镜子，而他害怕看到那面镜子。我到底想说什么，想必你已经很清楚了吧。对！相羽德明害怕镜子。他不愿意看到洗漱台的镜子、走廊墙壁的镜子，甚至无法容忍天黑时，窗户的玻璃映射出室内的景象。当然，他害怕的并不是镜子本身，而是无法直视映在镜子里的自己。并且，他极度反感被别人看到自己的脸。相羽德明是患上了想丑综合征[①]。”

幡多忽然安静了下来，呆若木鸡，双眼无神地看着犯罪学专家，嘴里好不容易挤出几个字：“……你……说什么？”

“他自认为容貌丑陋，不忍直视，所以回避所有镜子类的东西。他拒绝被别人看到自己的容貌，尽可能窝在家里，当不得不与他人接触时，则戴上墨镜。这种种形迹都是因为他的这个心病。当然，这病说得轻一点儿，只是他自身太过虑了而已。原因并不在于他的面孔，而在于他的内心。不过，不难想象，这毛病对患者自身来说是非常痛苦的。我从某位美容整形医院的医生那里得知，这种毛病比较常见于青春期的孩子，成人也可能患上，一般需要进行心理干预。但是患者本人则将原因归结于自身的容貌，有些患者甚至不惜花费高额的手术费要求整形。”

“你到底……在说什么啊？相羽没必要对自己的长相感到自卑，他长得挺帅的。”

“没错，关于他的长相，我也和你同感。但是，问题不是别人怎么看他，而是他自己的感觉。他本该找心理医生咨询，不过你都说了他讨厌看医生，所以他只能像一位隐士一样，躲在房里，不见任何人，唯一能依靠的只有你。”

“……是呀，我们关系很好，他很信任我。”

---

① 学名“躯体变形障碍”，患者对自身的外表持有严重的偏见，抱有强烈的自卑感。

“相羽德明最迟是去年年底开始闭门不出的。你作为他朋友或许是为他尽心尽力了。然而，情况从一月十日那天开始发生了变化。相羽深夜去车站附近的便利店买东西时，目睹了你故意伤害致他人死亡，你们两人的关系也因此发生了变化，不再是你照顾他，而是他控制你。”

“这完全是你的凭空想象。我捅了人，相羽正好目击了——这都只是你的信口雌黄。特别是相羽目击到了这一点，完全就是死无对证啊。”

“你说得没错，的确如此，事实真相有待调查。你如果觉得自己什么也没做，警方再怎么调查都不可能找到证据。那你静静等待时间过去就好了，莫须有的嫌疑一定会被洗清的，我也会主动帮你。”

幡多的脸上又露出了笑容：“哎哟，我还以为你是来跟我说，我伪造的不在场证明已经站不住脚了，劝我早点去自首的呢。没想到教授看得一清二楚呀。是的，我是清白的，我问心无愧。”

“你可千万别去自首。”

火村的声音听上去冰冷犀利，幡多的表情瞬间凝固。

“如果你真的无罪，当然无须自首。即便有罪，你也不必自首。一时激动就将一人捅伤致其死亡，还因此而有计划地杀害了另一个人。做出这样的事还能若无其事、佯装不知，这样的人不需要自首。这样的人应该被拿着逮捕令的刑警戴上手铐，强行带走。总之，你可千万不能自首。”

“……你是在恐吓我吗？和警方合作的教授怎么可以摆出这样的态度？”

“你不会自首吧。”

幡多生气地从鼻子里哼了一声：“当然不会，我不都说了嘛。”

三人陷入沉默。这时，墙上的电话响了，打破了尴尬。我们在这儿待了估计快有一个小时了吧。火村站起身拿起话筒，对着电话那头说：“我们不延时。”

“走吧，时间到了。”

幡多缓缓地站了起来，像是经历了一场暴风雨的侵袭，一副精疲力竭的样子。

“正义的化身吗？”他喃喃道，“你挺忙的吧。满大街都是戴着假面的凶犯，赶紧把大家全都抓起来吧。”

火村并没有回应他。

我们在店门口与幡多分开了，他愤愤不平地快步消失在了熙熙攘攘的人群——戴着“假面”的人海之中。

★

六天后，幡多瑛助作为故意伤害致死案的嫌疑人被捕，逮捕他的决定性因素是一份确凿的目击者证词。虽然他矢口否认杀害了相羽德明，但警方也就此案在进行立案的准备工作，各媒体都争相报道国会议员的儿子染指杀人命案。

鬼冢龙造等香格里拉十字军余党则至今杳无音信。

201 号房间的灾难

1

“她说，她能看到呢。”

火村英生说完，“咕咚”一声把扎杯中的啤酒一饮而尽。他刚在早稻田大学参加了犯罪社会学学术会议，并在会上做了报告，现在着实松了一口气吧。相比平常，他今晚喝得相当猛。

我向他询问报告的主题，他回答说是“蓄意谋杀的偶有属性”。我没有继续追问具体内容。他嘴上说着大家都没兴趣，不过看他心情不错的样子，会场上应该还是有一定反应的吧。话说回来，在台上演讲的时候，他该不会也像现在这样，将领带松松垮垮地挂在脖子上吧？真替他担心。

现在，我们正在一家德式酒馆风格的餐厅。这里地处明治大道，是一幢大楼的地下室。住在大阪的我——有栖川有栖，和住在京都的火村英生，恰巧在东京碰到了，便来一起喝酒。这种情况以前也有过。我在东京也有很多熟人，但火村副教授到哪儿都没什么朋友，所以我只好特地来陪他一下。不过，这话要是给他听见了，他肯定会反驳的。

“她说她小时候就能看到，全家人都有这种能力。所以他们家每次在旅馆住宿，进房间后都会发生这样的对话：‘这间好像没什么问题’‘是的，没错呢’或者，‘这间不太干净’‘我们找个借口，和服务员说想要海景房，让他帮我们换一间吧’。据说她父亲最敏感。看来嚷嚷着‘这房间有不干净的东西，我能看到’并非女人的独家专利啊。”

火村提到的“她”，是一位一起参加学术会议的某大学研究员。听说他们中午吃饭闲聊时，聊到了颇为灵异的事情。火村十分讨厌此类话题。

我叫住了路过的服务生，为自己和副教授又分别点了杯扎啤。受火村的影响，我也喝得快了起来。他倒是完成任务了，我可还要明天一大早起来，打起精神去国立国会图书馆查资料呢。谁叫我是小说家呢，这也是没办法的事。不过，都已经二十一世纪了，为了找点资料还要大老远地特地跑来东京，真是麻烦至极!

“那种能力确实并非女人才有哦，我也遇到过声称自己能看到不干净东西的男人。我在公司上班那会儿，就有一个这样的人。我跟他一起去外地出差，入住当地的商务酒店时，他求我和他换一下房间。”

我给盘子里剩下的维也纳香肠涂上厚厚的黄芥末酱。火村好像已经吃饱了，他叼起一支骆驼牌香烟抽了起来。

“让你和他换房间，也就是说他那间房间里有什么喽。真是太自私了，即便你同意，他就不担心同事要是撞见鬼了该怎么办吗？干吗不去和前台说，要求换一间房间呢？”

“非灵异体质者是不会被鬼怪所困扰的——他应该是这么想的吧。况且，那天酒店住满了，拜托前台也无济于事。”

“哦——那你和他换了吗？”

“没法子啊。”我狠狠地啃了一口香肠，“他拜托我的时候，我嘴上刚说完‘这世上哪有什么幽灵啊’，没办法拒绝，只好爽快地答应了……说实话，心里真不是滋味。”

“把房间的灯开得亮堂堂的，听着收音机睡的？”

“才没有呢。那天早上起得太早，晚上倒头就睡着了，并没有发生什么可怕的事情。不仅如此，我原先那个房间的闹钟是坏的，幸好换了房间。第二天早上刚碰面，他满脸严肃地问我，‘什么也没发生吗？’我回答他，‘是个不错的房间啊。我还做了一个梦，梦见一个大美人陪我睡呢’。他听了，大惊失色，据说，他看见的那个幽灵就是一个美女呢。”

“那个男人如果不是和你一同出差，就得在酒店的走廊将就一夜了。公司职员的日子还真够苦的。”

“他当时还感叹，灵异体质的人尽碰到烦心事，很羡慕看不到的人。我也不知道该怎么安慰他。对他来说，这是一个很大的烦恼吧。”

“感谢上天，幸好我们生来看不见那些东西。”

这个男人完全不相信鬼神的存在，这句话从他口中说出，听起来特别讽刺。不，他这话明摆着就是在讽刺。

“你不怀疑他们是否真的能看到那些东西吗？”我问道。

火村笑了，他叼着烟，接过了服务生端来的啤酒。

“那肯定是能看到啊。青春期的女孩子有可能为了博人眼球、哗众取宠而扮演成灵异体质的少女，成年人肯定不会撒那种谎的。他们真真切切能看到，能感觉到。看到、感觉到那些子虚乌有的东西，那可是人类的绝技啊。从这种意义来说，幽灵是存在的，它们每天出现于全日本的酒店与旅馆中。”

火村话多了起来，应该是喝醉了。他不是不能喝，只是酒量并不大。

“那我倒想问问您，火村教授，坊间的酒店撞鬼故事一般不都是这么结尾的：客人度过了惊恐的一夜，第二天早上向旅馆服务员谈及晚上的恐怖经历，服务员神色凝重地说，‘出现了啊，实际上，三年前有一位客人在那间房间自杀了……’这些故事又该如何解释呢？当然，为了更吸引人，此类故事多半掺杂了不少虚构的成分。”

“都只是夸夸其谈。房间里真的发生了意外或凶案，酒店的人怎么可能老老实实地说出来，这不明摆着会遭到客人的投诉吗？客人准会说，居然安排这样的房间给我！酒店可精明了。如果真有人死在了客房里，你知道酒店会怎么处理吗？我曾经在调查一个案件的过程中听说过。”

“我不清楚。不过……酒店肯定不可能一直把那个房间锁着，等事态平息以后肯定又会用来给客人住吧。”

“当然啦！不管是在客人入住之前还是之后，他们都不会向客人告知什么‘其实，那个房间在三年前……’之类的话。如果房间里发生的凶案被媒体大肆报道了，那估计得过上好一阵子才会风平浪静吧。据说，这种时候，酒店就会把那个房间安排给一无所知的外国人住。”

“这好像有点儿缺德……”

“缺德？实际上又不会给客人带来任何损害，谈不上缺德吧。人人都像你这样，那没法做生意了。你要是酒店老板肯定也会这么做的。难不成你在考虑至少也得给房费打个大折扣？”

那肯定不行。要是那么做，客人就知道那个房间不吉利了。

“这么想来，在酒店入住还真是惊悚刺激——在一间不知道过去发生过什么事情的房间入眠。我住过的酒店也有数十家了，在这其中，说不定就有房间曾经死过人呢。”

“说不定真有。并且毫无疑问你入住酒店的次数越多，碰上那样房间的概率就越大。但是，没人会因为这样的事情烦恼焦虑到不敢出门旅行。”

我将双手交叉抱在胸前，忽然有点儿担心今晚住宿的房间会不会有什么问题。火村笑着又重新点燃了一支烟。

“你该不会是在担心，要是真的看到不干净的东西该怎么办吧？就算有奇怪的东西出现，你也别在意，出门在外必定会碰上各种意外嘛。”

“我不担心撞见幽灵，我是在担心住上发生过凶杀案的房间，毕竟这很有可能啊。火村教授，您作为临床犯罪学专家肯定也不希望住在那样的房间吧。”

“嗯，确实没错。不过如果完全不知情的话，应该也无所谓吧。就算真的碰上了那样的房间，也不会发生任何事的。奥斯威辛集中营和达豪集中营的旧址里也没有出现过幽灵……你今晚住的酒店是在这附近吧？”

今晚我预约了西新宿的城市酒店，对于我来说算是比较奢侈的。今天好像有许多活动在东京举行，其他酒店都订不到房了。

“是啊，今天好像所有酒店的客房都特别紧张。我很早就预约好了，真是太幸运了。”

何止是幸运而已，今晚他居然入住“王朝大酒店”。那可是一家超级奢华的酒店，住上一晚，算上服务费、消费税什么的，一间房估计要不少于五万日元吧。我没住过这么高档的酒店，就连此类酒店的咖啡厅都没踏入过半步。火村生活简单，对衣食住行从不挑剔，对他来说，这房费简直贵得有些荒唐。不过，这次倒是事出有因，听说他大学的同事把酒店优惠券让给了他——优惠券即将过期，而那位同事近期又不会来东京。托他的福，火村支付普通城市酒店的价格住上了高档豪华酒店。这让我羡慕不已。

“王朝大酒店啊，这我可高攀不起。你真是幸运，偷一件浴袍作为礼物送给我吧。”

“说什么傻话呢。这么做，要是被逮住曝光了，有了污点，警视厅还有大阪府的警察肯定不再允许我进入现场调查了。”

“这倒也是。奔赴凶案现场，参与实际的侦破工作可是火村副教授您的研究手法。可不能因为小小的偷盗事件，让您与警方的合作关系产生裂痕。”

“你要是真想要那酒店的浴袍，我帮你买。不过你得给我一万日元。”

“别朝我伸手。好了好了，作为礼物，给我一支那家酒店的圆珠笔就好了。”

我们互相调侃着。时间过得真快，看看手表已将近九点。时间还早，不过今晚我想早点睡。火村看出来我的心思，说道：“今天就喝到这儿吧。”

“嗯，你这家伙好不容易住一次高档豪华酒店，尽量在那儿多待一会儿吧。”——彻头彻尾的穷人才会有这样的想法吧。

言语间我暴露了自己贫穷的本质。火村听到这话，苦笑了一声。哼，笑什么！这家伙绝对不会叫出租车前往那位于赤坂的奢华酒店，他一定是乘电车前去。

“虽然远远不及王朝大酒店，但我今天住的地方也是花了大价钱的。祝我们在各自的豪华酒店里，都做个好梦吧。”

大概为了表现出与好友分享幸运的慷慨，火村说：“晚饭我请客。”他伸过手来拿我手中的账单。我一边说着“教授您可别勉强啊”，一边将账单塞进了他的手里。

真是一个平和的夜晚啊！

火村副教授可真幸运。

可是两个半小时后，他的好运势发生了逆转，一场可怕的灾难朝他袭来。

2

与此同时。

在武道馆举办的一场演唱会正迎来高潮。

在舞台灯光的聚焦下，摇滚巨星米尔顿·哈斯正甩着波浪似的金发，着魔似的激情演唱。现场过万观众全体起立，挥舞着双手，为他疯狂呐喊尖叫。

米尔顿的歌声轻松高过了双主音吉他的伴奏，发出了令人惊叹的海豚音。他表情忘我，手握麦克风支架跳到了架子鼓上。他和观众一起一遍又一遍地尖叫着：Just like a hallucination！这场景简直犹如幻境。

会场气氛迎来了最高潮，工作人员不得不围成人墙阻止观众拥向舞台。乐队的贝斯手弹出一声和弦，音乐随之戛然而止。观众欢呼声越发高涨。

米尔顿双手抱着麦克风支架，从架子鼓上高高跳起，就在这时，舞台两侧亮起橘红色的火焰。

照明落下，唯有舞台左右两边的火柱，暂时照亮了全场，会场里响起尖叫般的欢呼声以及口哨声。火柱消失后，脚灯亮起，照出了米尔顿的身影。场内又响起了震耳欲聋的掌声，摇滚巨星则朝着大家歪嘴一笑。

他用沙哑的声音告诉大家："Thank you Tokyo。It's time to say goodbye，We wish you well."

十二弦吉他弹奏出与上一曲截然不同的优美琶音。观众们欢呼着，掌声雷动。接下来上演的是一首米尔顿·哈斯的歌迷们耳熟能详的曲目，在场的所有人都知道，这首曲子的结束便意味着演唱会的结束。米尔顿从不安排安可环节，与这位卓越歌手说再见的时间即将来临。

"米尔顿！米尔顿！"呼喊声此起彼伏，而后又如潮水般迅速退去。全场观众都在依依不舍中仔细聆听他的最后一曲。每个人都十分清楚，万人抱团狂欢的时间结束了，接下来须独自沉静，感受天籁在心中回荡。

"Seeing is believing."

"Yes.I can fly."

令人陶醉的抒情曲调接近尾声。突然，米尔顿的双脚离开了舞台，他的身体好像摆脱了重力的束缚缓缓飘向空中。曾经在电视上看到的神奇一幕，现在居然可以亲眼见到，观众们为此又大声欢呼起来。

"I can fly."

"Even if they won't believe it."

此刻米尔顿正飘浮在高达三米的半空中。他歌唱着，越升越高。观众们敬畏地仰望着他，聚光灯追逐着他的身影。一万余人共同目睹了这不可思议的超自然现象。米尔顿用手在空中划出一道弧，他的身体像在水中似的旋转了一下。会场内鸦雀无声。大家屏息敛声，生怕不必要的声响将这梦境般的景象打破；生怕米尔顿会因为不必要的杂音而瞬间从高空跌落。

“We have a chance to find a miracle.”

“You know what I mean.”

米尔顿轻声唱道。随着歌声的消失，灯光暗下。已飘浮至会场顶棚附近的米尔顿则融入了一片黑暗之中，仿佛从这个世界上消失了似的。

演唱会结束了。

3

火村在JR四谷站下了车。他出了站，不慌不忙地走在路边的堤坝上，从他的左手边可以看到上智大学的校园。他一步三摇地朝着酒店的方向走去。他还是第一次入住那家酒店。四月的晚风很是惬意，火村以东京新大谷酒店和赤坂王子酒店为路标，到达王朝大酒店时已经过了九点半。

与周边的高层酒店相比，十层楼高的王朝大酒店显得有些“矮小”，然而它的内部装潢并不逊色于其他高档酒店，可算得上是酒店中的“名门望族”。它建在一座九州某藩的豪宅遗址[①]之上，酒店内部的回廊式日式庭院是它引以为豪的独特之处。可是，这么晚才到达酒店，显然已没法在那高雅的庭院中散步了，就连隔着窗户欣赏一下也不现实了吧。到头来只是在一张比平常稍大些的床上睡了一觉而已。

---

① “藩”是日本江户时期对各个大名（相当于诸侯）所管辖的领地的称呼。江户时期，日本各地的大名需要交替去江户（即现在的东京）为幕府将军执行政务。因此，各藩在江户都会有一座豪宅。

火村自嘲着，从入口走了进去。

大厅里流淌着维瓦尔第[1]的乐曲，音量并不是很大。弥漫在空气中的香水味让人误以为自己正身处欧洲的某个酒店之中。副教授踩着大红地毯走向前台，告知对方自己的姓名。前台面带微笑，毕恭毕敬地说道："欢迎阁下光临，我们已恭候多时了。"她的笑容看上去亲切且自然。在入住登记卡上填写完信息后，火村出示了优惠券，并把信用卡账号告知了对方。整个过程如行云流水一般顺畅，火村不禁感叹，原来这就是一流酒店的一流服务。

"我们给您准备好了 301 号房间，工作人员将带您过去。"

火村接过房卡，在一旁等待的礼宾员马上拿起他脚边的行李，左手轻轻抬起，向电梯的方向示意。火村跟在礼宾员后面，一边走一边观察着四周。透过大大的玻璃窗，可以看到被夜光灯照亮的日式庭院。想去那散步的话，从窗户旁边短短的一段台阶下去即可。观赏性植物的繁枝密叶之中，一间茶水休息室若隐若现，现在这个时段应该是夜吧时间吧。间接照明产生的柔和的亮光从那里透了出来，还能隐约听到来自上流社会的喧嚣声。今晚还没喝够呢，火村不由得被那里所吸引。

电梯等候区靠墙处，一个高约两米的陶瓷大罐伫立在那里。这是一件伊万里瓷器，外观花里胡哨，是一件相当华丽的老古董，不过，

---

① 安东尼奥·卢奇奥·维瓦尔第，意大利作曲家，小提琴演奏家。

看起来并不合乎日本人的审美喜好，估计是江户时期经由丝绸之路进贡给中东或欧洲的东西，之后又重新进口到了日本。

“请问您是第一次光临本酒店吗？”穿着白色毛氏中山装的酒店礼宾员按下电梯按钮，满脸堆笑地问道。

“是的。这里感觉非常安静，很不错呢。”

“多谢您的夸赞。不过，今晚说不定会有点不太安静哦。”

“叮”的一声，金色的电梯门开了。礼宾员说了一句“请进”，让客人先走进了电梯。

两人乘上电梯后，火村朝礼宾员问道：“你的意思是……会发生什么没法让人安静的事吗？”

火村担心，该不会半夜里酒店内部的某个地方要施工吧。

“说不准外面要喧闹一小阵子，您关好窗户应该就没事了。”礼宾员按了一下数字“3”的按钮，继续说，“今晚会有一位人气很高的外国歌星下榻本酒店。”

“哦，那么你的意思是，没准他的歌迷会追着过来，在楼下大声尖叫？”

“是的。不过，他们应该不会做出什么特别过分的事情。但是好像有些歌迷会比较狂热。”

“那位歌星叫什么名字？”

“米尔顿·哈斯，一位美国的摇滚歌手。”

“米尔顿·哈斯？”

这名歌手每次在演唱会上都会设置一些类似魔术表演的机关，相当有名。火村在电视上看过他一边飘浮在空中一边演唱的样子。

“啊，我知道这个名字。他来日本了吗？”

电梯停在了三楼。礼宾员指引火村朝右边走，然后继续说道：“这位歌星于昨天入住本酒店，今明两天，会在武道馆开演唱会。今晚的演唱会已经结束，估计他现在正朝这边过来吧。”

“希望歌迷乘坐的出租车没在他身后排成长队。”

礼宾员微笑了一下，说：“他去年也光顾了本酒店。当时，有五六辆出租车跟了过来。不过，好像他现在人气又上升了不少，不知道今晚会是什么样子呢。”

弧形走廊上也铺着大红地毯，墙壁上点缀着柔和的灯光，每个房间前都有一个门廊。301 号房间位于走廊的最东端，是离电梯最远的位置。

礼宾员将房卡滑过卡槽，打开房门，说了一声“请进”，招待火村进了房间。这房间真大！比平时住的酒店房间要大三倍以上。在王朝大酒店，这居然是面积最小的房间。

“这房间真不错。”火村十分满意，喃喃自语道，“虽然肯定比不上米尔顿 · 哈斯的房间……”

人家可是 VIP 客人，估计住的是最顶层的总统套房吧。一个晚上要三十万日元，不，说不定远远超过三十万日元呢！具体费用当然是火村无从估量的。

礼宾员向火村说明了酒店的应急疏散路线以及电视、电话、电动窗帘的使用方法。电视、电话倒还好，不事先弄清楚电动窗帘的开关方式，待会儿得手足无措了。

“请问您还有别的疑问吗？”

“没有了，谢谢。”火村接过房卡。

礼宾员鞠了一躬，离开了房间。火村试着稍稍拉开了窗帘，透过窗户能俯瞰庭院，看来这是被安排在了风景不错的一侧。可惜，天色已晚，纵有美景在外，却已看不真切。

火村看了一眼浴室，发现也是相当奢华。洗漱台铺着大理石，镜子大得像一扇放倒的移门。浴室的一角是淋浴房，浴缸非常宽敞，足以伸展双腿。商务酒店的浴缸往往小得像桶似的，只能弯曲膝盖，蹲坐在内。真是天壤之别啊。

火村情不自禁地吹了一声口哨，自言自语地感叹道：“奢侈啊！”

“偶尔住一住这样的酒店真不错！”火村一面想着，一面坐在窗边的沙发上抽着烟。他看了看手表，还不到十点。明天除了返回京都，并没有其他特别的安排，早上可以睡个懒觉，泡个澡再退房。这么看来，今晚还能再小酌一会儿。一支烟毕，他拿着房卡，站起身来。

火村下到一楼，走进了休息区。休息区里几乎没了空位，今晚这里也是座无虚席。又是犯罪社会学学术会议，又是米尔顿·哈斯的演唱会，还有其他五花八门的活动，今天的东京真是异常繁忙。

东京，辛苦你了。

戴着蝴蝶领结的女服务员迎了过来，没等她开口，火村竖起食指，说道："一个人。"幸运的是，里面靠近窗户边的吸烟区还有一个空位。火村点了一杯苏格兰威士忌加苏打，另外还要了一些不同品种的奶酪。他坐在窗边，看着黑乎乎的庭院。以前到了六月份，在这个庭院里会举办放飞萤火虫的活动，这是王朝大酒店的一大特色。但几年前这个活动被取消了，理由是不能将生物视为玩物。这个考量听上去有些虚伪，不过，在繁华的市中心观赏萤火虫确实不成体统，酒店方叫停这一活动也算是一个正确的决定。

酒上来了。火村端起酒杯喝了起来。

借着夜灯，隐约能看到庭院里有一段台阶通向二楼的一侧。火村一开始并没有注意到，等眼睛适应了黑暗，他才发现，那里有个房间似乎可以直接下到庭院里。咦？火村突然注意到，那里不就是自己房间的正下方吗？

那房间窗帘半开着，灯光从窗户透了出来。由于庭院绿植的遮掩，看得并不太真切，不过好像唯独那间房的窗户布局和其他房间不一样。也许那是一间特殊的客房吧。

火村环顾四周，酒吧里坐着各式各样的客人：身穿名贵西装的亚洲商人、艺术家打扮的情侣、媒体从业人员等。每个人都聊得津津有味，但没有一个人高声喧哗。整个空间的氛围非常有格调。

火村享受着今夜这份优雅至极的时光。在他喝下了几杯酒的同时，各种思绪在他的脑海中闪过。感觉像是有个陌生人闯入了他的意识，正在和他说些没头没脑的东西。

等火村回过神来，发现客人已寥寥无几。他看了下时间，才发现原来已经过去一个半小时了。他很久没有这样独自一人发呆打发时间了。或许，这样的时间也非常重要吧。

起身时，火村不由自主地踉跄了一下，本就疲惫的身躯在酒精的作用下开始向他发出抗议。哎呀呀，真不争气，没喝多少脚就不听使唤了。他重新站稳，走到门口，在记账单上写下房间号和姓名。正当他朝电梯方向迈开步时，又踉跄了一下。火村苦笑着“啧”了一声。

刚好有一部电梯停在了一楼。火村跟在一位白发上装饰着亮片、打扮得花枝招展的老妇人后面，走进电梯，按下了数字“3”的按钮。他刚靠到墙上，电梯门便又打开了。老妇人和火村一起下了电梯，各自往走廊的左右两边走去。分别时，两人互相道了一声晚安。

火村的房间位于最右端，走廊尽头的左侧。

他从口袋里掏出房卡拿在手上，沿着弧形走廊缓缓挪步。酒劲儿上来了，他简直立即就要进入甜蜜的梦乡了。距离自己扑倒在那软绵绵的床上，还差二十步左右吧。还有十九步、十八步……

火村已经能看到走廊尽头的房间了，今夜那里是他一个人的城堡。同时，他也注意到，有一个高大的金发男人站在对面房间的门前。

这个人在干什么呢?

金发男人穿着白色衬衫、黑色皮裤，弓着背，咔嚓咔嚓地转动着门把手。他压低了声音，一遍又一遍地喊着：“弗兰奇……弗兰奇……”估计他没带房卡出了门，结果被关在了门外，现在正呼唤房间内的同伴来开门吧。赶紧起来给他开一下门呀，弗兰奇。

真需要帮忙的话，找前台就好了，没必要多管闲事。火村一副事不关己的样子，拿起房卡就要插入卡槽。

“Hey！”高大的金发男人气势汹汹地回过头来，抓住了火村的手腕。他力气大得惊人。

“What are you doing？”

两个人几乎异口同声地说道。你在做什么？火村想着，这可是我的台词。对方看起来已烂醉如泥，满身酒气，白色衬衫敞开着，袒胸露乳。

“My room.Go away.”

你的房间？这个醉鬼，开什么玩笑！

火村生气了，语气强硬地回道：“301 号房间是我的！”

“你喝醉了吧。这可是 201 号房间，你搞错楼层了！”

你才搞错了呢！副教授刚要反击，看了一眼门牌，那上面赫然写着“201”。喝得醉醺醺的居然是自己，太尴尬了。刚才他完全没注意到，原来那位先上电梯的女士按了二楼。

“失礼了，我弄错了，太抱歉了。”火村道歉道。

男人咕哝着，挥了一下右手，似乎在说，知道了就赶紧消失！他的右手戴着一枚硕大的戒指。火村说了一句“Good night”，便转身离开。

如果这时他晚一秒钟回头，那么两分钟后，他将回到 301 号房间；五分钟后，他将躺倒在床上；十分钟后，他将在快乐的梦境中遨游……可是，上帝给他开了一个玩笑。

这张脸好像在哪看过？火村思量着，很快就想了起来。

“米尔顿 · 哈斯……”

他回过头，朝着金发男人问道：

“Are you Mr.Milton Haas？”

这时，201 号房间的男人放弃了呼叫对门的弗兰奇，正准备返回自己的房间。忽然被火村叫住，男人颤抖了一下，怔住了。他的房间门刚好半开着。

“你是米尔顿 · 哈斯先生吗？”

火村不经意地问道。如果对方真是米尔顿，他也不打算讨要签名或是要求握手。他只是想着，作为刚才失礼行为的补偿，可以向对方说一声，祝你在日本的演唱会取得圆满成功。

可是，就在回过头的那一瞬间，火村看见了。从半开着的门，火村看到了 201 室的内部。一个女人张大着嘴巴躺倒在地板上。她的舌根似乎落进了喉咙的深处。

死了！

米尔顿注意到火村嘴角的笑容消失了，眉头紧锁。两人的目光对视上了。

“那个女的已经死了吧，是你干的吗？”

犯罪学专家的话音刚落，下一秒他的右手再次失去了自由。火村来不及大喊放手，也没有时间挣脱，就被情绪激动的金发男用力拖曳，差一点脚都要离开地面了。金发男的戒指压上了火村的手腕，一阵刺痛传来。火村试图抓住门框挣扎抵抗，但还是没能扭转这猝不及防的劣势。

“被你看到了！”

米尔顿发出一声哀鸣，同时一把抓住火村的下巴，把他推进了 201 号房间。

4

火村被推搡着进了房间，又被地上的尸体绊倒，摔了个跟头。米尔顿反手关上了门，居高临下冷冷地看着摔倒在地的火村，蓝色的双眸露出可怕的凶光。

火村试图马上站起来，可对方提起穿着靴子的右腿，毫不留情地踹在了他的肩膀上，并顺势想把他踩在脚下。火村抬起胳膊，朝那穿着黑色皮裤的小腿用力一推，摇滚歌星失去了平衡，大叫着朝他跌倒过来。火村闪身躲开了对方，并借势站了起来。

火村心里想着，现在不是跟这家伙扭打的时候，必须赶紧出去报警。他伸手要去开门，可就在这时，他的脚踝被对方牢牢抓住了。火村“啧”了一声，抬脚往米尔顿脸上踹去。可惜，出脚速度并不够快，他的左脚踢了个空。大概是因为酒精麻醉了运动神经，身体有些不听使唤了。

“Aaaaaah！”

米尔顿像野兽般怪叫着，试图用力拧断火村的脚。若是全力反抗，骨头肯定得断！犯罪学专家索性顺势往地面倒去。倒地的瞬间，火村及时做出了防护姿势，可他的踝关节处还是传来一阵钻心剧痛。不妙！大脑给他发出了警告。

火村迅速坐起身，但米尔顿那汗毛浓密的右手已经伸了过来，他一把掐住了火村的脖子。这家伙要把我也变成一具尸体，让我横躺在女尸边上！休想！火村抓住对方的手腕，用尽浑身气力向上拧去。对方惨叫一声，把手松开了。然而，米尔顿的攻势只停顿了一瞬，下一秒，他一把揪住了火村的外套衣领。一张涨得通红的面孔呈现在火村眼前。

“浑蛋！”

火村怒喝一声，对准对方的额头使出一招铁头功。可是，这次米尔顿并没有松手。火村也一把抓住了米尔顿的衬衫衣领。两人喘着粗气，相互撕扯着对方的衣领站了起来。正如火村所担心的那样，被拧伤的右脚踝疼痛不已。只是站着倒也并无大碍，但如果要走动的话就非常不利了。米尔顿将房门挡在了身后，看这架势，显然是不会让火村跨出房门半步的。

“冷静点！到底发生了什么？”

火村期望着通过沟通让对方冷静下来。不过，他的期望落空了。米尔顿口角流着口水，朝他挥舞拳头。拳头很快，但火村还是看清了路数，躲闪开了。米尔顿失去平衡，跌跌撞撞地倒了过来。十来岁的时候，戴着拳击手套走上擂台的那种感觉涌上心头，火村摆开架势，朝着米尔顿的太阳穴来了一记右勾拳。由于没法压上重心，火村出拳的速度并不快，但吃了这一拳的米尔顿还是拖着他长长的金发撞在了墙壁上。

米尔顿嘴巴里似乎受了伤。他摇了摇头，用手掌擦去顺着嘴角流出的鲜血。

“我不会让你活着走出这个门！”米尔顿凶神恶煞地说道。

火村听得并不是很真切，不过大致可以猜到他的意思。看来对方是动真格的，麻烦了。工作告一段落，火村本想着好好放松一下身心，看来这已成了泡影。

“让我出去，我酒已经醒了。”

米尔顿并不说话，挥舞着拳头打了过来。

火村闪身躲避，并试图接近房间的大门，没想到金发男居然抓住了火村裤子的皮带。火村用肘部击打男人的侧脸，但由于距离太近，并不奏效。米尔顿咧嘴笑了。

“浑蛋！给我滚开……”

火村还没说完，米尔顿大叫着轻易地将他举了起来。火村心里“咯噔”一声，糟了！这个姿势即便手脚并用、拼命挣扎，也无济于事。火村咬紧牙关，盘算着对方将把自己扔向何处。

“下地狱吧你！”

米尔顿狠狠地大叫一声，却把火村扔在了床上。火村摔上床垫又狠狠地弹了起来，肩膀撞在了墙上，一阵灼烧感从左肩传来。这家伙又不是摔跤选手，哪儿来这一身怪力！火村一面护着他隐隐作痛的脚踝，一面翻身从床上滚了下来。

这家伙在哪儿？他要从哪儿袭过来？

火村抬起头，却看见米尔顿蹲在尸体旁，抱着一只腿，痛苦地呻吟着。

“Hey！你怎么了？摇滚巨星！”

米尔顿无视了火村的挑衅，他颤抖着双肩，像孩子似的用手掌拍打着地板。这家伙是在因自己杀了这个女人而自责吗？

火村注意到床头柜上有一部电话。他拿起听筒试图拨打前台号码，却愕然发现电话线被人弄断了。火村环视四周，发现房间里有打斗过的痕迹，沙发、桌子都被挪动了位置。那女人在断气前应该拼尽了全力反抗吧。在两人撕扯过程中，米尔顿甚至把电话线都给扯断了，大概是太亢奋失去了理智，试图把它当作凶器来使用。怪不得他刚才没法打电话呼叫对门的弗兰奇。火村将没用的电话听筒往地上一扔，说道：“你是米尔顿·哈斯吧，你为什么会做出这么残忍的事？”

对方并没有回答。金发男怅然若失，呆坐在地上。这男人如果继续这样一动不动，火村应该就能离开这个房间了。可惜，他坐的位置不太好，刚好在房门的正前方。他一定不会眼睁睁地任由火村离开房间的。

这里是二楼，可不可以从窗户出去呢？对了！打开这个房间的窗户，应该就是连接中庭的楼梯。忍住脚踝的疼痛冲过去的话，或许可以比米尔顿先到达窗户……不行，这个想法太天真了，桌子和沙发刚好挡住了去路。

“Yes.”

那个男人低着头，嘴里忽然蹦出一个词。他应该是在回答“你是米尔顿·哈斯吗”这个问题吧。

“你今晚不是有演唱会吗？”火村试着和对方交流。

“演唱会还挺成功的。只有开场曲有一个地方没踩准节拍，不过大部分观众应该都没注意到。”

这家伙正常地回答了火村的问题。继续和他说话，分散他的注意力，说不定可以趁机悄悄移动到窗户边上。火村这么想着，站起身来，但是……

“你想从这儿出去的话，我可就不再手下留情了，我会把你扔向天花板。不管你会柔道还是会空手道，对我都不管用。我可好心地事先警告你了。”

“你的意思是，刚才把我扔到床上是手下留情了？别虚张声势了，明明就是你自己没站稳。”

米尔顿差点笑出声，结果却呛了一下。

“我的兴趣爱好就是练就一身肌肉，看过我主页的歌迷都知道这一点。我并不只是在密不透风的录音棚里，文艺地弹弹吉他、唱唱歌而已。把你从窗户扔出去，这对我来说轻而易举。”

“你是肌肉男啊。所以力气没地方用，才把这个女人掐死了吧。”

火村故意用言语刺激对方，可米尔顿并不理会，一副灵魂出窍、瘫软无力的样子。

“我要从这儿出去，并把这个房间里发生的事情告知酒店。你还要用蛮力阻止吗？别浪费时间和精力了，你不可能一直守在这个房间里不出去的。”

米尔顿盯着火村，他的目光中还带着杀气。曾听人说，米尔顿表演风格狂野，但外表斯文，那他现在这到底是怎么了？他这扭曲、邪恶的表情，是因为正处于癫狂状态吗？他眉宇间挤出的道道皱纹也过于夸张了。

“你要是出去了，没一会儿警察便会像蝗虫似的聚到这里，我的人生就完蛋了。我才不要被送进日本的监狱。”米尔顿粗野地说道。

“那你想干吗？你在祈祷奇迹的出现吗？钻进被窝，睡到天明，醒来一看，尸体不见了，浴室里还换上了新的浴巾。别傻了！”

米尔顿挠着头发，这动作使他像个孩子似的。

“是你干的吧？”火村冷冷地问道。

蹲在地上的男人坚决地摇了摇头。

“不是我干的。”

5

“你什么也没做？”火村眯起眼睛，“什么意思？”

“你不是懂英语吗？我说，我没杀人。”

米尔顿将手放在额头上，他低着头，火村无法看到他的面部表情。

“那……你说被掐死的这个女人是谁杀的？”

“别问我！我也不知道。我也想有人来告诉我，这到底是怎么回事！”

火村难以判断对方所言到底是真是假。凶手还能有谁？只有你了。

“不是你干的？你想说，演唱会结束，回到房间一看，一具尸体横躺在了眼前？”

“不，不是刚回来的时候，那时没有尸体，房间也不像现在这么凌乱，那时房间干净舒适……”

“什么时候变成了这样？为什么变成了这样？”

“我也搞不懂啊。”

你说的话才让人搞不懂呢。

火村来到尸体的旁边。米尔顿以为他要逃走，摆出一副随时会出手的架势。

“放心，我现在不出去。我经常观察尸体。”

“你是医生吗？”

“不，我是犯罪学专家，凶案现场就是我的研究室。”

米尔顿投来了怀疑的目光。

“你随口瞎说的吧？我可不知道该问些什么问题才能确认你是真的犯罪学专家。”

“很抱歉啊，我可没法像摇滚歌星那样，唱首歌来证明自己，你相信就是了。这种状况，我假装自己是犯罪学专家也没有任何好处。”

“说不定你想用花言巧语蒙骗我呢。”

“那你就动动脑子，别被我的花言巧语骗住，这不就行了？”

米尔顿低声说道：“……说一下你的名字吧，教授。”

“火村。准确地说，我是副教授。”

“希姆莱[①]？你开什么玩笑，这可是对犹太人发动种族灭绝的纳粹党干部的名字。”

副教授逐字纠正了对方的发音。米尔顿将火村的名字在嘴里反复念了好几遍，仿佛把这个陌生的外国名字当成了咒语，只要反复念唱，他就能逃避这噩梦般的现实。

---

① 海因里希·路易波德·希姆莱（Heinrich Himmler，1900—1945 年），纳粹德国法西斯战犯。日语中，“希姆莱”和“火村”两个名字的发音比较接近。

死者是一位年轻女性，年龄大概没到二十五岁。看得出来，她生前长相非常标致。女人身着长袖黑T恤、黑牛仔裤，打扮休闲，戴着的手表看上去也不贵。从牛仔裤裤脚露出的脚踝上戴着脚链，下半身还有尿失禁的痕迹。

火村蹲下身，观察尸体的脖子，上面有一道明显的掐痕，拇指和指甲的印痕清晰可见，表皮有擦伤，中间略靠右的位置还有一道不太一样的伤口。另外，被害人想要把凶手的手掰开时留下的防御性伤——一道垂直的线状痕也非常明显。从脸上淤血的程度来看，女人死后一直保持着面部朝上的姿势。火村用食指按了按尸体甲状软骨上角附近的部位，这里好像已经骨折了。他又摸了摸下颚关节部位，尸僵才刚刚开始产生。

“目前，死者死亡时间不超过两个小时。”火村看了看手表，“现在是十一点四十五分，可以推断她的死亡时间是九点四十五分以后。当然，这只是犯罪学专家的初步鉴定，并不精确。”

“九点四十五分的话，我还没回到这里。那时，我正坐在从武道馆开往酒店的车上。”

“我说的是九点四十五分以后。也就是说，死者是在你回来以后被杀的。”

米尔顿哭丧着脸大骂了一句“Shit”。

“你骂脏话也没用，面对现实吧！”

“我什么也没做。这……我明白了，这是一个陷阱，有人要陷害我。混账！”

火村叹了一口气。他不知道对方到底是演技太差，还是陷入了妄想。

“救救我，教授！如果你是真正的犯罪学专家，一定能救我于危难之中吧。”米尔顿半蹲着，张开双手，向火村乞求道。

即便你求我，也得看什么事呀！

“这我不能轻易答应你。不过，你如实回答我的提问，我将尽我所能帮助你。在日本，佛教里有一句话，叫擦肩而过也是前世之缘。我们何止是擦肩而过，还拳打脚踢较量了一番。”

“太感谢了。”米尔顿双手合十。看来他把火村当成虔诚的佛教徒了。

“你先回答我，你酒醒了吗？我刚才是微醺，你可是酩酊大醉了。”

“之前确实，不过，现在已经醒了……大概吧。只是，我现在感觉自己正处于一场噩梦之中。”

火村盘腿坐在地板上。

“即便你酒醒了，但你也可能吸了毒，还没有恢复理智。”

“我没有。”米尔顿摇了摇头，“我没带违禁药品来。这个国家可是把保罗·麦卡特尼送进了监狱的。[①] 好心的策划人还告诉我，米克·贾

① 保罗·麦卡特尼，英国歌手，音乐制作人。1980 年 1 月，他赴日时，在成田机场因为携带大麻被拘留 9 天，后被驱逐出境。

格尔[1]都没法来日本。"

"就算你没带那些玩意儿来日本，那在美国你经常吸食毒品吗？"

"我现在基本不吸了。我的兴趣爱好是健身，原来倒是嗑过一些猛药。"

"戒毒后遗症呢？"

"没有……基本上……"

看来这家伙戒毒后遗症时有发作，发作时恐怕非常危险。

"常常失去理智吗？"

"教授，你听好了，我的工作可不是站在大学的讲台上，传授高深莫测的学问，让观众失去理性才是我的工作。我保持一本正经的时间肯定只有你的N分之一。"

"你的意思是，你从事的是一份狂野不羁的工作？"

米尔顿露出了不愉快的表情。

"我可是艺术家。"

"好的，我知道了。那你也听好了，艺术家先生，这里既不是武道馆，也不是麦迪逊广场花园。这里是我的舞台——凶案现场，所以请你回答我的问题：你认识这个女人吗？"

艺术家点了点头："名字叫Juri，Canno Juri。"

---

① 米克·贾格尔，英国摇滚歌手，滚石乐队创始成员之一。1973年，滚石乐队原计划在日本开演唱会，但日本以米克·贾格尔曾经非法携带大麻为由，拒绝他入境，因此演唱会不得已被取消。

“日本人吗？”

对方又点了点头。Juri 应该是“树里”这两个汉字吧。估计是“菅野树里”或者是“神野树里”。[①]

“你们怎么认识的？她是你的歌迷吗？”

“是的。去年四月份来日本时，我偷偷溜去六本木，在那里的酒吧认识了她。她主动来接近我，说是我的歌迷。我看她长得很可爱，挺喜欢的，就让她和我们乐队一行人一起喝酒。”

“只喝了酒吗？”

“那晚只喝了酒。第二天，我去了大阪，她也跟了过来。在大阪我们共度了一晚。”

“她看上去还只是学生。”

“听说她在大学里研究梅尔维尔[②]。她的英语没到你这种程度，不过也挺流利的。”

“大阪那一晚之后，你们保持着怎样的关系？”

“后来我就回国了，没跟她见过面。顶多发发邮件而已。”

“哎哟哟！你在全世界都有用电子邮件来往的朋友吗？”

“屈指可数，我可没时间成天花上几小时坐在电脑前面。”

“也就是说，你非常喜欢树里？”

“她是一位非常知性的女孩，能准确地评价我的音乐。当我在音乐

① Canno Juri 为日语发音。日语中也存在相同读音对应多个汉字的现象。

② 赫尔曼·梅尔维尔，美国小说家。

上感到迷茫时，她还能给我提出很多建设性的意见。她不单单只是我的歌迷而已。”

“原来，今夜你失去了一个这么重要的女人，真替你感到难过。”

“同情一下我吧。请你也为树里祈祷。”米尔顿双手在胸前紧握，十指相扣。

“刚好时隔一年，你再次来到日本，你们之间有联系吗？哪一方先提出见面的？”

“是她先提出来的。我回复她，我也是同样的心情。我们约好了今晚在这家酒店见面。”

“在这家酒店的哪个地方见面？”

“就是这个房间，我的房间。我们商量好在这里碰面。”

“我的房间”？火村心中产生了一个疑问。他环视四周，201号房确实是一间不错的客房，面积至少是301号房的一点五倍，家具摆设也更为高档。但是，米尔顿·哈斯这样的大牌明星，不是应该住在最豪华的套房里吗？

“你为什么没住总统套房？”

“去年我住在最顶层，这儿的总统套房棒极了。只是那里不适合私会树里，去那儿必须乘坐总统套房的专用电梯，安全管理措施太严格了。”

“你只要和酒店打一声招呼，说有这么个女孩要来，请放行一下，不就好了吗？”

“我哪有那么自由。巡回演唱会中，不能出任何岔子，他们才不允许我让粉丝来我的房间呢。而且，我其实挺内向的，让女人进来，这话我可说不出口……”

“真的吗？”

米尔顿对火村嗤之以鼻：“你这反应让我太无语了，你们这些人对摇滚歌手有偏见。演唱会上，被众多年轻的女性粉丝前拥后簇；演唱会后，则肆意玩弄她们的感情——这就是你眼里的摇滚歌手吧。有些傻女人对外吹嘘，说什么‘我和米尔顿共度了良宵，他在床上可温柔了’，真是无聊透顶。”

好了，够了，火村摊开手掌，制止了他。“我明白了。你很内向，所以为了和她私会，选择不住在总统套房。但是，你入住二楼的话，酒店方得加强这一层的安保措施吧？”

“酒店方说，他们会增加保安在这一层的巡查次数。但是，总不能安排保安在这里定点站岗吧，而且走廊上也没有监控，这可是日本酒店的一大优点。日本治安良好，要是在美国，这种级别的酒店一定会安装监控的。并且，应该没有人会想到，我居然不住在总统套房，这样反而更安全了。大家都觉得这是个不错的主意。”

“你请求住二楼的借口是，二楼反而更安全？”

“……不是……”米尔顿停顿了一会儿，“我找了一个更特别的借口：王朝大酒店的总统套房内有恶灵，我不想住在那儿。”

“恶灵？”火村耸了耸肩，“你这理由可真够荒诞的。你外表狂野，还一身肌肉，这么说，大家也相信？”

“对啊，他们都信了。因为我真的可以看到恶灵。”

看来这家伙只练嗓子、练肌肉还不够，脑子也得好好锻炼一下了。

“什么呀！你这冷眉冷眼的。你不相信灵魂的存在吗？教授，你是把我当傻子了吧！我饶不了你！”

米尔顿站起身，右手举起拳头，抡了过来。火村用力把他的手推开，说道：“关于通灵学的争论，我们日后再来。你能看到灵魂，这没什么问题。暂且不管它是否真的存在，反正你真的能看到，这样行了吧。”

“肯定真的存在啊。你看到过自己的意识吗？就算把身体解剖开来，也无法用肉眼看到意识的实体。但是，没有人会怀疑意识的存在。”

“我都说不跟你争论了，别大吼大叫的。”

米尔顿咬牙切齿，义愤填膺。火村傲慢的态度似乎让他无法容忍。

“……我，真的能看到。上个月，我就在芝加哥某酒店的总统套房里看到了很可怕的东西。那是一个东方女性的鬼魂，她穿着破破烂烂的礼裙，头发黑得像夜晚的大海一样，并且长发垂肩，看上去毛骨悚然。她生前可能是个美女，但现在脸已经扭曲得就像麻花糖一样。光是回想一下，我就汗毛直竖、背脊发凉。真的有啊。全球巡回演出时，在各地的酒店里，我看到过各种不干净的东西。”

“这是你以前吸食毒品产生的副作用吧，戒毒后遗症。”

“不是！”

米尔顿脚下猛地用力一蹬地，朝火村扑了过来，将他骑在胯下，双手掐住了他的脖子。一股比之前更为强烈的恐惧弥漫在火村的心头。他有些后悔刚才没把断了线的电话听筒砸向窗户，以此向外界求救。火村下意识地看向了地板上的听筒，米尔顿顺着他的目光，随即看破了他的心思，一脚把听筒踢进了床底下。

米尔顿的两根大拇指压迫着火村的颈动脉。这位壮汉至少有九十公斤，要推开他十分困难。火村费力挣扎着，他将右手从米尔顿的左臂下方伸了进去，然后瞄准对方的鼻梁，从下往上毫不犹豫地挥了一拳。艺术家捂着鼻子，向后跳起。鲜血从鼻孔里流了出来。

滴滴答答的鲜血，滴落在米尔顿的白色衬衫上。

“你个浑蛋，到底想不想认真解决问题？”火村拿起书桌上的一盒纸巾，朝蹲着的男人旁边的墙壁扔了过去。

“这也……这也太荒唐……简直就是一场噩梦啊……”

米尔顿悲观且绝望，简直就要哭出来了。尽管如此，他还是把身体挪到了门前，背对着房门，似乎坚决不打算让火村离开房间。

“重新来一遍。”火村调整好急促的呼吸，继续说，“把你演唱会结束后发生的事，按顺序说清楚。”

6

突然狂躁的米尔顿又恢复了平静。火村告诫自己，这家伙说不准还会发疯，不能掉以轻心。他站起来捡起纸巾盒，一阵剧痛从脚踝传来。如果对方再次发狂，恐怕他已无力招架了。

“演唱会是九点多结束的。”

米尔顿依旧流着鼻血，他用纸巾擦拭着，讲述起来。

“我回到后台，休息了一会儿，走出会场时大概已经是九点四十了。乐队的其他成员和音乐杂志的记者一起去聚餐了，我没去。我说，我累了，晚饭会让酒店送餐到房间。当然这只是借口，真正的原因是我要和树里在这里会面。我坐上车，不到十分钟就回到了酒店，十点回到了这个房间。我回到酒店之前一直和一个叫冈村的策划人在一起。这个男人善于察言观色，非常能干。”

“冈村先生送你回酒店的？”

“是的。我假装很累，他很快领会了我的意图，说了一句‘您好好休息’，便马上走了。”

“你和树里约在了几点碰面？”

“我们约好，她先躲在暗处，确认我回来后，再悄悄地进来。当然，房间号是我办理入住后，通过邮件告诉她的。我们还说好了，要是被保安或是酒店员工盯上了，就从露台进来。这个房间的露台和院子是连在一块儿的。”

“看来为了能趁着夜色悄悄潜入，她才穿得浑身黑漆漆的，像个忍者似的。你们真是计深虑远啊。”

“像《碟中谍》一样吧。我坚信她一定会来，肚子也不饿，所以我没叫客房送餐服务，就那么一直等着。可是，我的公主迟迟没有出现。我们说好了，要是有什么突发事件，通过电脑邮件联系，可她没联系我。我烦躁极了，躺在里面的沙发喝起了威士忌。这是噩梦的开端。并不是我夸张，我这个人嗜酒如命，一旦喝上了就停不下来；大口大口往嘴里面灌，也不知什么时候，就喝了个酩酊大醉。”

“你什么时候恢复意识的？还记得吗？”

“嗯……不知道。”米尔顿看着天花板，“想不起来了，估计十一点多吧。我睡着了，醒来的时候是十一点半。”

那个时间火村正在酒吧。

“然后……然后……”

米尔顿眼神闪烁不定，两只手挥舞着，仿佛在虚空中摸索着什么。火村紧张了起来。

“你冷静点！然后呢？”

“树里出现了。”

米尔顿一只手遮着脸，另一只手指着那具女尸。他伸出来的手指微微颤抖着。

“她倒在了地上，是吗？”

“没错。就在这个位置，跟你现在看到的一样，她就这样横躺在这里，简直就像一具被扔在这里的假人模特。”

“她不可能凭空出现，肯定是在你睡着期间偷偷溜进来的吧。你一点儿都没有察觉到吗？”

“怎么可能察觉到？我睡得很沉，连梦都没做一个。我睡了将近三十分钟，醒来时，树里已经变成一具尸体，出现在了房间里。我知道的就这些了。”

火村想要察看一下死者戴着的手表，但他的身体刚一动，米尔顿瞬间弹了起来，立马摆开了攻击的架势。这个男人反应太过激了。“放松，别那么紧张。”火村一边说着，一边瞥了一眼死者的手表。表上的时间相当精准。

“一看到尸体，你就慌了吧。”

“是啊，心脏都差点蹦出来了。我跑到她身边，发现她早就没了呼吸，而且脖子上还有掐痕。当时我的惊讶和恐惧程度远远超过看到阴魂厉鬼，简直不能相提并论。我长这么大还是头一次遭遇如此恐怖的经历。”

“这个我能理解。但碰上这种情况，通常会立马通知酒店吧，你却并没有这么做。”

米尔顿摊开双手说道：“通知酒店？是啊，没错，自己不是当事人的话，谁都会这么说的。但是，教授，换作你，设身处地想一想，教授。我喝了酒，睡着了，醒来后发现房间里躺着一具被掐死了的尸体，死者还是和我有过亲密接触的女人，你说我怎么可能会想要通知酒店？难道要我打电话跟前台说，出大事了，赶紧来我房间看一下？”

“为什么不可能？”

被火村这么一问，艺术家龇牙咧嘴，愤愤地说道：“当时这个房间，除了被害人树里，就只有我在，只有我！喝得酩酊大醉的我！没有别人。想都不用想，警察肯定会认为是我掐死了她。”

“你口水都喷到我脸上了……未必一定会怀疑你吧。说不定在你不省人事的时候，树里和另外一个人一起进了房间，然后那个家伙掐死了你的女人逃走了。房门都是自动上锁的，即便你揣着房卡，警察也未必会立刻怀疑你。”

“浑蛋，你完全没明白我的意思啊！不光是门锁着而已，房间里面的防盗链也扣上了。另外，窗户也从里面锁上了。这么来看，凶手只可能是我了。”

火村有些不敢相信自己的耳朵。从各个方面来看，这个男人已经神经错乱了。

“听好了，别嫌我啰唆，你冷静点。米尔顿你说的话自相矛盾。你说，你醒来的时候，树里的尸体已经躺在了地板上，防盗链是扣上的，并且窗户也是从内侧锁上的。那你说说，凶手从哪儿逃走？很明显，凶手除了你还能有谁？虽然有些难以接受，但确实是你在烂醉如泥的时候把树里给杀了。”

“可是，我什么也没干，那么一点儿酒不至于让我失去理智——这一点我自己非常清楚。我这人喝醉后容易睡着。而且就算我喝得酩酊烂醉，又为什么要掐死树里呢？我那么渴望与她相见……”

米尔顿的这番说辞是火村早已预料到的。

“但是，如果凶手另有其人，那他是如何做到的？”

“你问我，我怎么知道呀。我要是知道了，就不用苦恼了。”

“原来如此，怪不得……好，那你再回答我一个问题。你没向酒店报警，反而去找对门的弗兰奇。这位弗兰奇是谁？”

米尔顿痛苦地抓挠着自己的胸口。

“弗兰奇·凯尔，是这次巡演的路演经理。我从出道后不久，便一直受到他的照顾。这种情况，我能商量的对象也只有他了。”

“你叫了门，但是好像对方并没有回应你……”

“啊，我以为他在房间。他有头疼的老毛病，今天下午排练的时候，他说头疼，想回酒店休息。排练进展得很顺利，没有什么大问题，于是傍晚时分，我们让他回了酒店。说不准他已经没事了，现在正在享受夜生活呢。”

“原来如此。我恨死弗兰奇了，他要是在，我也不会被你挟持进这个房间里。”

但这些都无关紧要了，现在的关键问题不在于此。

“可是，米尔顿，这也太奇怪了吧，你的言行前后矛盾。你说害怕警方发现你和尸体共处在一个密闭空间，从而被警方认定为凶手？”

“是啊。”

“你有什么好害怕的？你要是觉得从内侧锁上的防盗链和窗户这些情况对你非常不利，自己把它们打开不就好了？再说了，你刚才去找弗兰奇的时候，不就把防盗链给打开了吗？”

米尔顿似乎没能理解副教授的言下之意。他呆呆地半张着嘴，过了好一会儿，才忽然大叫了起来：“哦！哦！我……当时脑袋混乱了啊。”

“嗯，我想也是，完全混乱了吧。喂！别用头去撞墙！我还有话要问你呢。”

“天哪，我真是太蠢了，刚生下来的驴子都比我聪明吧。”

火村目不转睛地盯着米尔顿，只见他紧咬嘴唇，这懊恼的样子看上去不像是装出来的。不过，关于他所说的一觉醒来凭空出现一具尸体，这显然是无稽之谈。

“但是……但是……”他用乞求的眼神望着犯罪学专家，“那现在可以得出什么结论？……不对，什么结论也没有，情况根本没有发生任何变化。一间像罐头一样密闭的房间，只有我和死者两人在里面，这点不会有任何改变。不管情况对我多么不利，这都是事实。随便谁怎么想，都会觉得凶手只可能是我。然而我自己知道我不是凶手。喂，这种情况，我该怎么办呀，教授？”

“我很遗憾，没法悄悄告诉你标准答案哦。”

“别见死不救呀。我们两人可是擦肩而过的缘分啊。有什么东西已将你我的命运联系在了一起。说不定你成为犯罪学专家，就是为了今天的这一刻。”

放你的狗屁！

火村想抽支烟来缓解烦躁的情绪，同时让自己的脑细胞工作起来。但顾忌到这里还是凶案现场，他只好无奈地摆弄着口袋里的打火机。

“你有办法联系上弗兰奇吗？能联系上的话，我想让他来接替我。”

“不行，我可没打算让你出去。除非找到办法，解决我目前的困境，否则你别想获得自由。”

“用你那比驴还笨的脑袋好好想想吧，你把我困在这里也解决不了任何问题。”

米尔顿缠着火村不放，嘴角勾起一抹狰狞的笑容。

“你的右脚踝在隐隐作痛吧。要不要我再发力让你的关节扭动扭动？帮你把脚尖和脚跟调换一下位置也没问题。”

“真是倒了大霉。”

火村用日语嘀咕了一句。米尔顿不知其意地歪了一下脑袋。

“我刚才在说‘big trouble’……OK，没问题，让我来完美解决这桩案子，毕竟这里是我的舞台。”

火村掏出便携式烟灰缸，“啪”的一声打开了盖子。

7

火村单手拿着烟灰缸，嘴里叼着烟在房间里查看起来。米尔顿像影子似的紧紧地跟在犯罪学专家的身后，似乎盘算着，火村若有任何要逃跑的迹象，他便毫不犹豫地猛扑过去。他看着火村拖着右脚一瘸一拐的样子，暗自扬起了嘴角。

首先是门。暂且不管门到底有没有上锁，关键是防盗链。滑链看上去非常结实，链扣上还刻有酒店的名称，做工考究。火村戴上他惯用的黑丝手套，检查防盗链是否存在异常。

“在走廊上把防盗链扣上不就行了。”他指着脚边说道，“为了方便塞入报纸，门的下边不是有一条一厘米左右的缝隙嘛。在滑链的一端系上钓鱼线，之后将门关上，在走廊上通过钓鱼线拉动滑链……”

“那怎么可能！啧！”米尔顿啧了啧舌头，“在滑链上系上绳子，然后拉动绳子又能怎么样？具体该怎么操作？你倒是说说看。”

“不能怎么样。所以，我想说的是，从外侧通过绳子是不可能将防盗链扣上的。”火村苦笑着。

“是吗？你一开始就想错了吧。”

“你太没礼貌了。话说回来，防盗链是扣上的，这一点你肯定没搞错吧？”

“肯定没错。我清楚地记得，我想去叫弗兰奇的时候，由于太着急了，怎么也打不开它。另外，如果没扣上，我干吗非要说扣上了，这不是把自己推入绝境吗？”

“的确，你也不至于那么蠢。”

火村走到房间的另一边，观察起窗户来。他将厚厚的窗帘稍微掀起一些，检查了一会儿窗锁。按键式窗锁十分牢固，并没有可以动手脚的地方。

“这儿也不行呢。”火村喃喃道。

米尔顿听罢，失望地深深叹了口气。

“喂，你这也太不靠谱了，教授。你别那么轻易放弃啊！我现在可是生死关头啊！”

“但现实是残酷的，你自己也清楚吧。201号房间是从内侧被锁上的，按常理来说，凶手是无法从这里逃走的。”

“不，肯定有什么办法能做到！我可什么也没干！”

火村把烟掐灭在烟灰缸里，坐在了房间里面的沙发上。米尔顿烂醉之后，就昏睡在这儿。桌子上原本摆放着威士忌酒瓶、杯子以及笔记本电脑。米尔顿在火村注意到之前，将它们拿走并收进了橱柜里，似乎害怕火村会将这些物品用作进攻的武器。现场的保护工作已完全没了必要。

火村在柔软舒适的沙发上坐下，环视四周。房门在右边，房门正对的窗户边上摆放着两张沙发和一张圆桌，比房间深处的沙发圆桌三件套略小一些，位置被挪动过，本来沙发应该是围着圆桌摆成 L 字形的吧。火村坐着的沙发正对着床，床是靠墙摆放的，床边有一个床头柜，上面放着台灯和电话。房间中央比较空旷，没有摆放任何东西，地板上也没有任何瑕疵和污渍。

火村所在的位置，位于房间的深处，除了一套沙发圆桌三件套，还有一个超大橱柜，里面收纳了迷你吧台和电视。再往里还有一扇门，门后是浴室和厕所。橱柜旁边则是衣柜，米尔顿把他的新秀丽牌大容量旅行箱放在了那附近。

“树里大概是在那张圆桌的附近和凶手扭打起来的吧？”

“大概是吧。”米尔顿从后面拍了拍火村的肩膀，说道，“关于这点，我没在 FBI 待过也能看出来。”

“当时你在这打盹儿，她应该是不想把你吵醒，才坐在了那边。”

“她叫一声，我就会醒来的。树里为什么不来叫醒我？”

“这个……”

火村陷入沉默，一言不发。米尔顿以为他在故意卖关子，晃了晃他的肩膀。

“喂！‘这个’什么？你想到什么了？赶紧告诉我。”

副教授没有回答，用食指划着嘴唇。米尔顿嘲弄地模仿着他的动作。

“米尔顿，”不久之后，火村开口道，“你回到这个房间的时候，有没有感觉到有什么异样？”

“什么意思？我什么也没感觉到。”

“和你出门时别无两样？没有任何异常？原来如此，你的灵异体质没有一点用处嘛。”

“Hey！我想听的不是这样的意见。你倒是展示一下有多大能耐呀。”

火村指着窗户边上的沙发说道：“你告诉我，原来那两张沙发放在什么位置？慢着！不要实际搬动，口头说明就好。”

“围着圆桌，摆成L字形，一张朝这边，另一张背对着窗户。”

“果真如此。”

米尔顿绕到沙发前，单膝着地，蹲坐在火村旁边。

“果真如此？这意思是你想到了什么？别遮遮掩掩的，快告诉我！这可是我的问题！”

“那你自己解决！”火村大吼了一句，之后他把话题一转：“弗兰奇·凯尔是个什么样的人？”

“关他什么事啊？弗兰奇是个偏头痛患者，同时也是一名非常能干的经纪人，三十八岁，褐色头发，褐色眼睛，白人盎格鲁－撒克逊新教徒[①]，具体哪个教派，我就不知道了。身高约六英尺，中等身材，出

① 白人盎格鲁－撒克逊新教徒(White Anglo-Saxon Protestant，简称WASP)，信奉基督新教的欧裔美国人，亦称美国白人新教徒。

生于新奥尔良市，却从小痴迷摇滚[1]，性格偏执，人有些阴沉，但头脑灵活。大家都背地里嘲笑他，说他是干黑客的料，但他从不树敌还会讲法语。他很喜欢吃寿喜锅哦。"

"好了，我知道了。他有这个房间的房卡吗？"

米尔顿迟疑地点了点头："有啊。不管去哪儿，他都会拿一张我的房卡以防万一。其实不可能发生什么紧急情况，只是我经常弄丢房卡罢了。"

"他知道你和树里的事吗？"

"和树里在六本木相遇时，那家伙也在场。他知道树里，但是并不知道我和树里的亲密关系。当然，他也不可能知道我们俩今晚的计划。"

"排练结束后，他是一个人返回酒店的吧？那没人知道他返回酒店后的行踪喽？"

"对，确实如此。教授，你干吗对弗兰奇那么感兴趣？快告诉我！"

"这只是我的一个假设。比如，树里很早就来了酒店，在这儿等你回来，但却遇上了弗兰奇。"

米尔顿探过身子来："这……倒不是没有可能……莫非你怀疑弗兰奇和树里之间发生了争执？"

火村缓缓地点点头。

---

① 新奥尔良市以爵士乐的发源地而闻名。

“真是服了你，这也太不着边际了吧。随口胡诌，一点根据也没有。”

“弗兰奇对树里抱有好感吗？”

“见到树里时，他曾色眯眯地把她打量了一番。他看到美女时总是那样。嗯……应该有好感吧。”

“说不定他主动找树里搭话，说‘你在等米尔顿吧，先陪我玩玩，胆敢怠慢我，我就告诉保安，让他们把你赶走’之类的。”

“胡说八道！真发生了这种事，树里肯定会拒绝的。”

“拒绝之后，说不定又发生了什么哦。”

米尔顿叹了口气，站起身。他在火村面前走来走去，过了一会儿，停下脚步回过头来。

“你说的东西，完全不符合逻辑。你听好，我们假设树里心甘情愿也好，或者是被弗兰奇威逼利诱也罢，两人在某个地方共处了一段时间。那么两人能去的地方，不是酒店里的酒吧，就是弗兰奇的房间吧。也就是说，凶杀案只可能在弗兰奇的房间内发生。为什么树里会乖乖地跟着他，进他的房间呢？”

“说不定是被他花言巧语骗去的。比如说，‘我听米尔顿说了你们两人的事情，现在他正在我房间里呢’，类似这样的……”

“你当是在用一根棒棒糖诱拐幼儿园儿童吗？我不是说了，树里这个女孩子非常聪明。”

“她一心想早点见到你，从而失去了判断能力，这也是有可能的。”

“亏我还相信了你。”米尔顿轻蔑地撇了撇嘴唇，“你这推理乱七八糟，毫无条理。弗兰奇扑倒树里，要侵犯她，遭到她拼死反抗，于是恼羞成怒的弗兰奇就错手掐死了她。这就是你想的剧本吗？那么，后面的情节将如何展开呢？难道你想说，惊慌失措的路演经理扛着树里的尸体横穿走廊，然后把尸体扔在了我的房间？他确实有 201 号房间的房卡，并且走廊里也没有安装摄像头。他把尸体搬过来倒也不是不可能，但是接下来就没法说明了。第一个疑问，我回来的时候，房间里并没有尸体。他是如何让尸体暂变透明的？第二个疑问，也是刚才一直困扰我们的难题，房间门窗都是从里面反锁的，他又是怎么从这个密室逃出去的？”

“或许凶杀现场并不在弗兰奇的房间。弗兰奇在树里面前掏出 201 号房间的房卡，欺骗她说，‘米尔顿拜托过我，只要你来了，就带你去他房间’。这么想更自然些吧。”

“哼，就算是这样，我刚才列出来的两个疑问还是没有得到解决啊。你要怎么回答呢？”

“轻而易举。”火村说道，“跟你在舞台上展现给观众的酷炫华丽而又不可思议的表演相比，这简直就是小儿科。

米尔顿一屁股坐到沙发上：“你说来听听。”

8

火村直视着米尔顿蓝色的眼睛，说道："听好了，答案简单到你不敢相信。你回到这个房间的时候，树里的尸体已经在这里了，只不过在房间的一个死角里，你没看到而已。"

"死角？死角在哪儿？"

"估计是窗边沙发的后面。L 形沙发组的后面。"

米尔顿回头看向沙发。机会来了！趁着现在飞身过去，应该可以把这家伙按倒在地！不过，火村并不打算这样做。

"教授，你这想法真不错。"米尔顿转过头来，"谁也不会想到沙发的后面居然横躺着一具尸体，我承认有可能是我疏忽了。可是，我打了个盹，醒来之后，树里却倒在了门的附近。尸体不可能自己爬出来呀？"

"那是当然。由于某种外力的作用，尸体从沙发的后面移动到了现在的地方。也就是说，尸体是被拖出来的。"

"拖出来的？怎么拖出来？"

“估计凶手使用了非常坚韧的细线。线的一端被绑在了尸体上，另一端则通过门下方的缝隙，穿出了房间，穿过走廊，一直延伸到了对面弗兰奇的房间里。不久之后，演唱会结束了，你回到房间。弗兰奇则完美预测了你的行为模式：因为意中人迟迟不现身，你心烦意乱，把手伸向了威士忌，然后喝了个酩酊大醉，打起了盹。他看准时机……”

“等一下！”米尔顿打断了火村：“他怎么知道我什么时候打起了盹？”

“他从庭院上到露台，从窗户看一眼就知道了啊。这里的窗帘并没有拉上——关于这一点，我可以做证，我当时在吧台，正好看见了。现在窗帘拉得严严实实的，应该是你看到尸体后六神无主，自己把它拉上的。”

“啊……窗帘是我自己拉上的……也就是说……那个……所以……弗兰奇从窗户偷窥了室内的状况……”

“对。他确认你已酣然入梦，便急匆匆返回自己的房间，拉动细线，慢慢地将隐藏在沙发后的尸体拖了出来。”

“有那么顺利吗？”米尔顿焦躁地抖动着双膝，“如果尸体碰上了沙发或者桌子，那房间里就得乱套了，不可能像现在这样，家具只是稍稍挪了一点儿位置。”

“凶手动了脑筋。说不准绑在尸体上的细线先绕过床脚，再穿过门缝。有了这个支点，便可以将尸体平行移出，然后再拖到门边。”

“尸体上并没有细线呀？”

“将细线对折后，穿过死者的手表或皮带，然后同时拿着两头就好了。这样一来，把尸体拖到合适的位置以后，只要抽拉其中一头，就能把线回收。他能临时想到这招，真不简单啊。不过，在201号房间门口做这么可疑的行为，肯定会引起保安的注意。所以弗兰奇·凯尔没有冒这个风险。他在自己的房间里，隔着走廊操控201号房间内的尸体。”

“这设想也太大胆了吧。这木偶戏般的手法，我不相信他能一次成功。”米尔顿隔着皮裤紧紧地握住自己的膝盖。

“他成功了啊，你我共同目睹了这个成果。”

“说不通啊，总觉得有问题。会有那么巧的事吗？刚好他手头上有一条如你所说的结实的细线？说起来，我回到房间的时候并没有喝醉，地上如果铺着线，我肯定能看到。另外，细线横穿过走廊的话，保安应该也会注意到吧。当然，如果是一根细若发丝并且透明的线，那倒是有可能不睁大眼睛就没法看见。但是那样的线强度就不够了。”

“一根极细且坚韧无比的线，听上去都像是黑科技了吧。但是，这样的线你应该最了解不过了吧，艺术家先生？”

“莫非……你说的是……”

米尔顿似乎察觉到了什么，瞪大双眼凝视着火村。

“这涉及商业机密，你不必透露。不过，在舞台上，你能像彼得·潘一样在空中飘浮，肯定有什么玄机吧。重力不可能真的完全消失，应该是使用了特殊的细线吊着，飞到空中的吧。那样的黑科技，对你还有弗兰奇来说近在咫尺。”

“但是，这里又不是后台。即便是身为路演经理的弗兰奇，他的房间里也不可能有那种线。”

“房间里有，他才用上了。正是因为房间里有，他才想到了这一招，才变成了邪恶的人偶操纵师。这就是尸体突然出现在 201 号房间的真相，明白了吗？米尔顿，卑鄙的弗兰奇企图把罪行嫁祸于烂醉如泥的你。”

米尔顿双手抱头，这个真相对他来说犹如晴天霹雳。

“那家伙……那家伙，现在，躲在什么地方……”

“当你醒过来大呼小叫的时候，他应该不想待在你身边吧。说不定他上哪儿品尝了一顿寿喜锅，然后正喝着酒打发时间呢。”

“不可原谅！不仅杀死树里，还想栽赃嫁祸给我……我要把他碎尸万段！”

火村面无表情地竖起拇指，指了指浴室。

“洗漱台那有电话吧？我来报警，可以吗？”

米尔顿并不回答，他全身愤怒地颤抖着。火村通过内线电话呼叫了前台，告知对方，201 号房里有一具尸体，让对方联系警察。火村看了看镜子，头发乱蓬蓬的，一股无法遏制的怒火涌了上来，他胡乱地挠着原本就已凌乱的头发。

没到一分钟，夜班经理和保安赶了过来，房间内的惨状令他们瞠目结舌，惊愕不已。戴着蝴蝶领结的夜班经理结结巴巴地向火村询问情况，即便火村对他来说只是一个来路不明的陌生人。

犯罪学专家刚要解释，忽然米尔顿发出了微弱的声音。

“教授……你刚才的推理还是不对呀。树里十点前遭到杀害，被藏在了沙发的后边，我睡着之后，尸体被人拖曳了出来。如果真像你说的那样，那地上肯定会留下痕迹啊，可怜的树里死后还失禁了。但是，我并没有看到这样的污渍啊。”

火村回过头：“没错，地上并没有她被拖曳过的痕迹。也就是说，根本没有这么一回事。”

“‘没有这么一回事’？‘没有这么一回事’是什么意思？”米尔顿害怕地抱住了自己的双肩，“喂！你倒是给我说清楚！火村教授，这和你刚才说的不一样啊。”

“我刚才只是纸上谈兵。现实生活中，怎么可能上演那样的木偶剧呢？尸体并没有被隐藏在沙发的背后，也不是从异次元冒出来的。道理很简单——杀害了树里的就是你！”火村用食指指着米尔顿。

“No！”米尔顿尖叫道。

“凶手不可能是别人！你和树里见了面，然后杀了她。如果你真的什么都不记得了，那只可能是因为戒毒后遗症让你产生了幻听和幻视，让你陷入了一片混乱。你已戒掉的毒品促使你杀害了树里。”

“你瞎说！别说得好像都是你亲眼所见似的。”

“你杀了她，这是不争的事实。然而，你陷入了一片混乱之中，悲痛欲绝，伤心不已，这也是你真实感情的流露。那这究竟是怎么一回事呢？唯一的答案是：你彻底忘记了自己的所作所为。”

“你居然把我当疯子！什么狗屁戒毒后遗症！我可不是那么轻易会失去理智的人。顶多，偶尔会头脑发热，不清楚自己在做什么……”

米尔顿说着说着，突然陷入了自我怀疑，他的脸色唰的一下变青了。

“你背叛我！火村，你不是说相信我是无辜的吗？”

“我什么时候说过相信你是无辜的这种话，我一次都没说过。只要瞥一眼尸体，我就知道凶手就是你——米尔顿·哈斯！死者脖子上的掐痕，有一个非常显著的特征——你右手上戴着的那枚硕大的戒指留下了印痕。”

“你欺骗我……为了从房间里出去，你故意编造了一个小伎俩来骗我。你这个大骗子！”

米尔顿攥紧了拳头，随即又突然像断了线的木偶一样，双膝瘫软跪倒在地。然后，他爬到可怜的树里身边，抚摩着她纤细的右手，嘴里不停重复着“为什么，为什么”。

“为什么会变成这样啊，为什么？我们俩期待已久的东京之夜就这么破灭了吗？我们的东京之夜……”

副教授听不下去了，“这句话该我说才对。”

保安上前抓住摇滚明星，火村把后面的事情交给他们，走出房间。火村来到走廊，靠在墙上长吁了一口气。他感觉浑身上下疼痛不已，不只是扭伤的脚踝，还有被米尔顿抓过的手腕，以及撞在了墙上的肩膀……或许是松了一口气的缘故，刚才由于过分紧张而麻痹了疼痛的身体一下子恢复了知觉，火村不禁皱起了眉头。

“客人，您没事吧？”酒店的晚班经理颤颤巍巍地问道。

火村向经理勉强挤出一丝笑容，尽可能客气地回答道：“没事，什么事也没有。只是……我真不该高攀你们酒店啊。”

柔软的大床离火村如此遥远。

后 记

本书中所收录的四部作品此前均发表在《KADOKAWA 推理悬疑》杂志上。我和编辑部把这四部作品称为“酒店四部曲”。其实，我本人在创作“第一部曲”——《黑暗旅馆》时，并没有想到要把它系列化。当编辑部问及我，“第二部曲”呢？我才意识到，原来这是一个系列化作品啊。

虽然叫作系列化作品，其实只需要将作品的舞台背景设置为酒店便可，在创作上并没有太多的限制。我爱好旅行，并且在公司上班那会儿，经常出差，因此，我到过很多地方，住过很多旅馆、酒店，包括豪华的度假村酒店、浴缸里爬着蟑螂的经济酒店以及胶囊式酒店。提供豪华刺身船，给我的味蕾带来无限满足的日式旅馆；连餐食也不提供，让我在饥肠辘辘中入睡的寒酸民宿；装潢时髦的高端民宿；特快列车的卧铺；摆放着高低床的青年旅社；露营地的山中小屋以及帐篷……真是不胜枚举。年轻的时候，我心疼住宿费（交通费是完全没法省去的），尽可能乘坐夜行列车，在座位上度过夜晚的时光。没有夜行列车时，我便在车站的候车室将就一夜。我还曾经坐在车站的台阶上打过盹，不过那应该不能算作是过夜之所吧。在这行行种种之中，选择哪个作为小说的舞台呢——为此“烦恼”真是一大乐事。

不管是否有丰富的旅行经历，关于旅馆、酒店，每个人应该都有一些回忆。读者通过阅读我的作品，如果能勾起一些回忆，如“这么说来，当时住的那家旅馆确实氛围可疑”，或者，“这家酒店适合作为推理小说的舞台”……那么，作为作者，我将感到无比荣幸。

作品中并没有需要特别解释说明的地方，此文仅作为写作后的补充说明。

关于《黑暗旅馆》里的故事舞台，这是我实际到访过的地方，但我在实景实物的基础上进行了诸多的改编与润色。描写自己从未到访过的地方，往往让我心怀忐忑；而添油加醋地刻画自己实际去过的地方，则是一种有趣的体验。不过，我得坦白，我其实并没有到访过大塔村的周边，只是开车经过了而已。

《大王花酒店》这部作品，我是先想好了题目再进行创作的。这部作品中，悬疑推理的要素并不是很明确，读者当中或许有人觉得，这部作品作为推理小说有些不妥。小说中提到的由酒店方主办的悬疑推理活动，我从未参加过，只是根据别人告诉我的信息，擅自在作品中策划了这么一个活动。另外，我确实去过石垣岛，但当时入住的是一家非常普通的酒店。此外，还需要补充一点：我创作此作品时，小渊前首相还健在，而“八国峰会”选址于冲绳则是由他拍板决定的。不管如何，《加州旅馆》真是一首非常动听，但却令人毛骨悚然的歌曲。

《异形之客》为本系列的第三部作品。我盘算着，从这部作品开始，不安排可疑的旅馆、酒店了，改为塑造可疑的住客吧。从地理位置推算不难知道，小说的舞台背景为武田尾温泉。不过，武田尾温泉比小说中的猛田温泉规模还要小一些（似乎是这样的）。我从未去过武田尾温泉，不过，有好几次在JR福知山线的列车上，透过车窗，我看到河对岸的招牌上写着“武田尾温泉”。

《201号房间的灾难》中的王朝大酒店，并不是某个特定的酒店。关于这一点，其他作品中的旅馆酒店也是如此。王朝大酒店这个名字听上去就感觉像是一家非常高档的酒店吧，米尔顿·哈斯这个人物也没有以真实存在的某个歌星为原型。不过关于他的空中飘浮，我是参照魔术师大卫·科波菲尔的表演来描写的。我并不清楚空中飘浮的真正原理，但估计就是用细线吊着的吧。应该没错吧。

四部作品完成之后，有了这本书。今后我应该还会继续以旅馆、酒店为舞台或主题来进行创作。是否要出《旅馆系列》第二部，目前尚未决定，今后的事情还是未知。下次，你我将会入住哪家旅馆、酒店，住上有过什么样故事的房间，也都是未知。

最后，衷心感谢角川书店的宍户健司先生、郡司聪先生、远藤彻哉先生给予我的帮助与支持。同时也要感谢每次都将我的拙著装帧成精美书籍的大路浩实先生。

“退房。”

“欢迎您再次光临。”

2001 年 5 月 30 日

有栖川有栖